JN254552

ヒロインの妊娠

イーディス・ウォートンとセオドア・ドライサーの
小説における「娘」像とその選択

吉野 成美 著

音羽書房鶴見書店

目次

序章

1 イーディス・ウォートンとセオドア・ドライサー

十九世紀末から二十世紀初頭という同時代に、同じアメリカ小説というジャンルにおいてそれぞれ活躍した二人の作家、イーディス・ウォートンとセオドア・ドライサーは、近年まで、文学批評の歴史の中で交差することはほとんどなかったといってよいのではないだろうか。つい最近まで、ウォートンはごく限られた狭い社会としての上流階級の社交界を描いたヘンリー・ジェイムズの弟子という位置付けに甘んじなくてはならなかった。一方で、フランク・ノリスやスティーヴン・クレインと並べられてきたドライサーは、アメリカ自然主義を代表する小説家として理解されていた。ジャーナリストとしての下積みという若き日の経歴から、ドライサーの文体はリアリスティックではあるものの、技巧や優雅さを求めるウォートンの読者たちをうならせることはなかった。ウォートン批評家として著名なR・W・B・ルイスやシンシア・グリフィン・ウルフが、彼らの研究対象であるウォートンと同時代の作家としてドライサーの作品に言及することはほとんどなかったといってよい。彼らは明らかにアルフレッド・ケイズンやドナルド・パイザーといった名高いドライサー批評家たちとは一線を画してきた。同じことはドライサーの批評家たちにも言えるのであるが、数少ない批評家の中でも、ケイズンがウォートンに関して言及していたことを示す資料があるのは興味深い。「貴婦人と虎」と題された論文において、ケイズンはウォートンとドライサーを比較した上で、貴婦人ウォートンの世界観の視野の狭さと貧困層や労働者階級に対する無関心を酷評し、それに対し「虎」である若手作家ドライサーが、その弱者へ向けるまなざしによって、アメリカを精力的な包括的一国家として描くことにいかに成功したかを述べている。

イーディス・ウォートンを貴婦人たらしめた贅は、小説家としての彼女を駄目にするものだった。贅が、文筆活動において必要不可欠であるはずのものを彼女から遠ざけたのだ。作法を重んじるあまり、彼女は情熱を欠いていた。セオドア・ドライサーにはそういったハンディキャップはありえなかった。社会の中で無意味に、孤独に、もがき苦しむ人々の光景にたえずさらされた環境にもともといた彼の場合、彼を拒絶する社会そのものを理解する準備はできていたのだ。(111)

ケイズンの言葉に表されているように、ウォートンとドライサー、二人の作家を隔てる最大の要素は、言うまでもなく、それぞれの立場をとりまく社会的背景の違いであった。持つものと持たざるものの間に横たわる大きな溝こそ、生み出された作品に表れる二人おのおのの文体、スタンス、そして扱うテーマに大きな影響を与えたといってよい。「自らの親戚、従兄弟［で構成されているといってよいような］からなる大きな共同体」そのものであるニューヨーク上流社会に身をおき、常にそれを題材に作品を書いたウォートンに対して、若かりし日を貧困のうちにすごし、その中での経験こそが主要な題材となったドライサー。二人を隔てる壁はないというほうがおかしいくらいなのである。

しかしながら、階級、民族、そしてジェンダーの差異があるとはいえ、ウォートンとドライサー、それぞれの批評家たちは、この二人の作家が互いに与えた影響についてまったく指摘しなかったかというとそういうことではない。こと、作品内における女性キャラクターの扱いやその描写の類似性については、その傾向が強い。二人を最初に並べて論じた最初の批評家はおそらく、ドライサー批評家の一人リチャード・リーハンであろう。リーハンは、ウォートンの『国の風習』を紹介する中で、彼女とドライサーが同時代に活躍しているリアリズム小説作家として似通ったトピックやテーマを扱っていることに触れている。この批評家の論によれば、『国の風習』におけるアンディーン・スプラッグは「社会的に認められることを求め、その過程を邪魔する者は排除し」、男性を社会の階段を上るための手段としてとらえている点で、ドライサーの描くキャリー・ミーバーとそっくりである（252)。とはいえ『国の風習』に登場するすべての男性がアンディーンの道具となっているわけでは決してない。リーハンの詳細な分析はアンディーンの相手役エルマー・モファットにもおよび、彼に関して「容赦なく計算高い野心家」として現代アメリカ小説における原型であると評している。ウォートンの描いたこの男性をリーハンは「ドライサーの視点から見たフランク・アルジャーノン・カウパーウッド」とした上で、「『国の風習』においてイーディス・ウォートンはキャリー・ミーバーをフランク・アルジャーノン・カウパーウッドと結婚させた」(253) とまで言っている。ドライサー批評家としてのリーハンのここでの指摘には、ドライサーの自然主義が、従来、まったく関連性が指摘されたことのないウォートンの文学にもそれなりに影響を及ぼしていたことを強調することでドライサーを評価しようという意図が感じられなくもない。

リーハンによる二人の作家比較は、各々の作品の筋書きを追いながらその類似性を指摘しているという意味において幾分、表面的であるのは否めない事実である。しかしこの場合、ウォートンの名前が、この一九六九年出版のドライサー研究書に言及されているという事実自体、大きな意味があるといってよいだろう。当時、世間一般に流布したウォートンのイメージというのはドライサーの描く人間の欲望や情熱とはまったく無縁な「お上品な伝統」を代表する貴婦人としてのそれであった。リーハンはそのような時代に、あえて彼女を人間の欲望を描いたドライサーと並べて論じようとしたのである。ウォートンがドライサーと同じく「人間くさい」側面を持ち合わせているという新たなイメージが流布するようになったのは、ウォートンの未発表の作品や私的な書簡などの封印が一九六七年に解かれ、前述のルイスによって編集され伝記として一九七五年に発表されて以降のことである。彼女の人間らしい一面――それは例えばジャーナリストのモートン・フーラートンとの密やかな情事などに代表されるわけだが――を知るところとなったウォートン研究家たちは、この新たな発見によって、彼女の作品にそれまでとは異なった解釈を試みるようになった。そしてそれは、ちょうど、八〇年代に盛んになったフェミニズム文学批評の流れのなかで、ウォートンの作品をセクシュアリティやジェンダーのテーマで読み解く方向へと向かわせることになった。エリザベス・アモンズが一九八〇年に発表した著書において、ウォートンの作品は現代アメリカ社会の父権的性質を摘発しているのだと論じたとき、それ以前にケイズンが行った、ウォートンはアメリカを一つのまとまったダイナミックな経済として捉えることはなかったという批判はもはや影をひそめてしまった。ウォートンの作品における舞台設定や主題は確かに偏りがあって狭いものではあったが、それでも、ウォートン研究家たちは、彼女が作中で描く様々なヒロイン像に、アメリカ社会全体の大きな枠組の中におけるジェンダーの問題を論じることの可能性を感じることができたのである。

この文脈の中で、今度は、ドライサーのキャリー・ミーバーがウォートン研究家の一人モリーン・ハワードの目にとまることとなったのはごく自然の成り行きであろう。ハワードは、キャリーを『歓楽の家』のリリー・バートと比較し、ウォートンが「自然淘汰とは、社会的な環境の状況においてなされるとき無慈悲である」ことを信じていたという点においてアメリカ自然主義文学者と考えを同じくしていたのではないか、と推理する。ハワードの分析は、上級階級のリリーと労働者階級のキャリーという二人の辿る正反対の道を的確に指摘して興味深い。

彼女［リリー］の［ミセス・ロイドの］パフォーマンスは、メロドラマ上演の舞台上でキャリーが田舎くさい労働者階級出身のその地位を超越するあのシーンを思い起こさせる。無知で無骨なキャリー・ミーバー。職探しに街を徘徊する女（彼女が拒絶した仕事の一つは帽子の飾りつけだった）は、羨望の対象としての女優、キャリー・マデンダとなるのだ。リリーの堕落の始まりとなった［ミセス・ロイドの］活人画とは対照的に、シカゴ・エルクスでの演技は、キャリーの今後のキャリアを決定付ける一歩となるのである。（151）

リーハンとハワードの指摘からも明らかであるように、ウォートンとドライサーは、時として、似通った状況におかれた似通った人物をそれぞれ描いていたと言えるのではないだろうか。そうしてみると、この二人の小説家が互いの作品に関して何らかの興味を示していたとしてもそれは決して驚くべきことではない。例えばドライサーは、彼の書いた文学批評記事「最も優れたアメリカ小説」において、ヘンリー・L・メンケンに関して、彼がアメリカ・リアリズム小説の先駆者として評価するべき作家を数人見落としていると非難したのであるが、その中には、メルヴィル、ジェイムズ、クレインと共にウォートンの名前も挙がっている。しかしながら、これはドライサーがウォートンに直接言及している大変珍しい資料であり、彼自身の考えの中ではウォートンは彼にとって同時代というよりは先駆者としての位置づけであることもまた、指摘しておかなくてはならないであろう。一九三二年に書かれたこの記事の目的は、アメリカの過去の文学史について論じたものでは決してなかった。ドライサーが念頭に置いていたのは、彼自身が打ち立てた新しい文学の流れを踏襲してくれる後継者として、例えばアーネスト・ヘミングウェイ、シャーウッド・アンダソン、そしてシンクレア・ルイスといった作家たちだったのである。

それにひきかえ、ウォートンは、W・D・ハウエルズやスティーブン・クレインと並べてドライサーを間接的にではあるが賞賛している。前述のドライサーの記事が発表された一年後の一九三三年に出版された彼女の自叙伝『振り返りて』には次のような文が存在する。

> 私は彼［ロバート・グラント］の初期の小説『パン種を入れないパン』に対して大変な賞賛の気持ちを抱いてきましたが、これは、W・D・ハウエルズの『現代の生活』や（中略）ドライサーの『アメリカの悲劇』の先駆けとなる作品です。(148)

ウォートンの伝記の著者、R・W・B・ルイスによれば、彼女は一九三三年にドライサーの『アメリカの悲劇』を読み、この大作に比べれば「シンクレア・ルイスの作品も単なる新聞報道の記事に成り下がってしまうわね」と友人に語ったということである(520)。しかしながら、彼女がこのようにドライサーを賞賛している点に関してウォートン研究の大家はいささか困惑したのであろうか、彼はこのドライサー関連のエピソードをウォートンの「文学作品に対する幅広い趣味」と結びつけるにとどまっている。言い換えるなら、ウォートンのドライサー言及は、この伝記著者にとっては、彼女の文化程度から本来ならば排除されるべきジャンルに対してウォートンが寛大にもよせた関心であるということになる。それでも、R・W・B・ルイスは気が進まなさそうにではあるものの、次のように締めくくっているのは重要であろう。「ドライサーのまわりくどい文体は時折、彼女を狼狽させたりもしたが、物事の性質そのものによって引き起こされる災難に遭遇する人間に対する彼の同情をこめた描き方は、明らかに彼女の想像力をとらえたのである」(520)。

ドライサーに対するウォートンの関心を説明するルイスには、ややもすればためらいが感じられなくもないが、最近のウォートン研究家であるデイル・バウワーはもっと肯定的な態度でウォートンとドライサー二人に関して、作品で扱われているテーマの類似性を指摘している。彼女は、ウォートンの比較的知られていない作品を二十世紀初頭のアメリカ社会に浸透しつつあった産児制限と優生学のディスコースと絡めて論じたその著書『イーディス・ウォートンのすばらしい新政治学』

で、ウォートンが、男性中心社会において女性の生殖活動がもつ矛盾した性質を『夏』や『トワイライト・スリープ』といった作品で問題にしていることを主張したユニークな研究家である。例えば『夏』ではヒロインの非合法的妊娠と出産への決断にいたるまでの過程に、自身の生物学的女性性と結婚という社会制度の狭間で苦悩する女性をウォートンが見事に描き出したというのであるが、この主張は大変重要であるといえる。というのも、ウォートンの作品はこれまでの書評史の流れの中では「お上品な伝統」と関連付けられ、若い女性の恋愛から婚約、そして結婚にいたるまでの様々な社会的・形式的風習をめぐる人々の紆余曲折というのが彼女の主要関心事であるようにとらえられてきたのである。しかし、バウワーは、ウォートンの作品で扱われている女性の生殖に関する問題にふれながら、この女性作家の意識レベルを初めて、「妊娠中絶をプロットの小道具としてだけでなく、アイデンティティーと力関係の問題の中心にすえて捉えた」作品である『アメリカの悲劇』の著者ドライサーと同等に考えようとしている(33)。

バウワーがその著書で扱うウォートンの作品には偏りと限界があるのは否めないとしても、ウォートンの作品に対する彼女の新しい読みは、同時代に活躍しながらこれまでまったく関連付けられることのなかったドライサーとウォートンという二人のアメリカ人作家の作品が、制度と性の狭間で苦悩する女性像を描いているという点では少なくとも一致しているという意味で、二人を同じレベルで論じるきっかけを与えてくれていて意義深い。そしてさらに具体的に言うならば、世紀転換期のアメリカ合衆国におけるリアリズム小説作家として活躍したウォートンとドライサーは、結婚で大団円をむかえる従来型のロマン主義家庭小説から一線を画し、男女関係のより「リアリスティック」な側面を各々の作中で表象しようとしたという点において画期的だったといえる。本論は、両作家の作品の中でもとりわけ、妊娠という、女性の生殖をテーマにしている小説を主に取り扱いながら、生物学的女性性がもっとも顕著である妊娠という事象と社会的産物であるジェンダーとしての女性性がどのように密接に関係しあい、影響を及ぼしているのか、分析と解釈を試みることをその目的としている。

2　娘から母へ――「妊娠」という分岐点

世紀転換期のリアリズム小説と十九世紀初期の感傷的家庭小説を隔てているのは、女性の妊娠に対する扱いの違いだと言っても過言ではないだろう。『クラリッサ』、『エマ』、『若草物語』といった小説を論じたリンダ・ズィンジャーは、これらの作品におけるヒロインがあてがわれている「娘」としての役割に注目している。ヒロインが経験する恋愛とそれに続く結婚（このジャンルの小説ではおなじみのテーマであるが）というのはいつでも、父と娘の力関係と非常に密接に結びついている、というのがズィンジャーの見解であるが、このことは、娘が家族という枠内で果たすことを期待されている相対的役割の性質を考えるとき、特に驚くに値することではない。娘は父親の庇護下にある間のみ「娘」なのであり、その資格は、父親がその所有権を放棄すべき日――すなわち娘が嫁ぐ日――まで有効であるにすぎない、相対的・限定的なものであるといえる。十九世紀の家庭小説が「娘たちの物語である」ということ、また、さらにいうならば、「娘たちを主人公としているのは物語の性質上、そして構造上必然である」ということは、そう考えるとごく自然の成り行きである。結婚とは父の家を離れ、嫁ぎ先の家庭へと統合されるそのプロセスなのであり、それが中心的テーマであるこういった小説で注目されるべき存在とは、母親でも姉妹でもなく、「娘」でなくてはならないのである。

小説における「娘」の存在とは、役割とは、また表象のされ方とはどのようなものなのか、ということに関しては、すでに多くの批評家が研究対象として取り上げ論じているが、中でも際立った研究で知られているのが、文学的、精神分析学的文脈において父娘の近親相姦関係を論じて「Deuteronomy（申命記）」から「Daughteronomy（ドータロノミー）」という造語を生み出したサンドラ・ギルバートである。家父長制社会における息子と娘を明確に隔てているのは、息子がその父親を歴史的にも文化的にも自身の将来に結びつく先駆者として位置づけることが可能であるのに対し、娘にはその母親を先駆者としてとらえることはできない点である、とギルバートは考える。フロイトとラカンの精神分析理論を援用しながら、彼女はこの違いを以下の理由によって説明している。

母がより明確に文化を体現すればするほど、母は娘に対して、より容赦なく、母を倣ってはいけない、なぜならあなたは、幸せな母子の絆を断ち切る人間の秩序の潜在的象徴である父の法と契約を交わし、そこにすべてを依拠しているのだから、と言わなくてはならなくなる。(358)

文化的に母を持たない娘はそのようなわけで母系の系列に自身の先駆者を見出せず、父に従うことを余儀なくされる。しかしこの父は娘にその地位を譲ることはなく(地位を譲られるのは息子である)、よって、娘は父の宝物か、交換の道具としての所有物としての存在に甘んじることになる。「Deuteronomy(申命記)」は息子に対し「母を犯すな。父を殺すな。」と命じているが、ギルバートはこの法を自身の造語である「Daughteronomy(ドータロノミー)」において、娘は「母を埋めよ。父にわが身を差し出せ」と命じられると主張する(364)。

ギルバートの論のもっとも興味深い点は、しかしながら、その次に彼女が「娘(daughter)」の語源をインド=ヨーロッパ語の「乳をしぼる(milk)」という意味である"dhugh"という語に見出していることを述べている部分である。「娘(daught-er)」が「乳をしぼる人(milk-er)」であるならば、娘とは「家父長制文化が息子に対して絶対的に欲してはならない相手と定義する母親(=乳を与える人）のミニチュア版である」とギルバートは主張する（373）。この一見似て非なる二つの役割の合成によって、家父長制家族構造の頂点に立つ父親は、母と娘、その両方を所有することが可能となる。一方とは性的な関係を含む直接的な所有・被所有の関係を、そしてもう一方とは、性的な関係こそ排除されるものの象徴的で限りなくレトリカルな意味での所有・被所有の関係を持つのである。これが「象徴的な意味」において、というのは家父長制社会における女性の置かれた立場を考える上で重要となる。娘の結婚は、家父長制の大きな枠組においては必ずしも父親にとって娘の喪失を意味するのではなくなるからである。娘の結婚相手が、結局はまた別の「父親」の役割を果たす男性に過ぎないのであれば、すべての女性は構造的にも精神分析的にも（そして逆説的にも）常に父親と結婚しているということができるのである。

この象徴的な父娘のインセスト関係については前述のズィンジャーも指摘していて、例えば『ドンビーと息子』や『若草物語』では、娘とその新しい夫によって新たに形作られた家族の中に父親像がうまく組み込まれていく、という結末が用意されているという。「娘を一度失った父親は、痕跡としてではあるが、幾分感傷的に、ハッピー・エンディングに溶け込んでいて、そのことは娘を寝取ることに成功した新郎が［父親に対して］表象する好戦的な様相を和らげることにつながっている」（132）。

一般的な家族構成の枠組内における娘とその父親のきわめて親密な関係に関する論は、あらゆる文学テクストに娘として描かれている女性像にあてはめることができるだろう。実際、ギルバートの研究では、この象徴的な父娘のインセスト理論をジョージ・エリオットの『サイラス・マーナー』やイーディス・ウォートンの『夏』に援用し、これらのテクストを、権威的な父親に屈する従順な娘の物語として位置づけている。しかしながら、ギルバートの論では、「母親のミニチュア版以外の何物でもない」とされる娘が通常の感傷的家庭小説において大概そうであるように「娘」の地位から「母」の地位への移行が物語の結末で、結婚という手順をふんだ後になされる、というのではなく、例えば物語の途中で、既婚未婚の如何に関わらず、彼女の父親の影響下に必ずしもあるとはいえない男性によって生物学的に「娘」から「母」へと移行した場合の「娘」の立場というものを説明することはできない。なぜなら、女性の身体的変化（＝妊娠）が「娘」という立場に及ぼす影響に関して、ギルバートの論は言及をしていないのである。これはある意味、理解できるところであるのかもしれない。というのも、ギルバートは、「娘」という社会的立場が父、母、娘という永遠の三角関係の枠組内で常に固定されたものとして捉えているからである。しかし実際はそうだろうか。「娘」の立場というのは、それが社会的に認識された父親と母親の庇護下にある限りにおいてのみ維持されるものであるとするならば、必ずしも絶対的なものではなく、むしろ相対的なものといえるのではないだろうか。

文学テクストにおけるドラマ性をもった事件として女性の妊娠を扱う際に、我々が考慮しなくてはならないのは、女性が父の家に囲われた純真無垢な乙女として以外にも多くの役割を果たしている可能性があるということである。仮に十九世紀の家庭小説が娘とその結婚をその中心的テーマに据えていたとするならば、世紀転換期のリアリズム小説家たちは、その常套的なロマンティック・プロットから離れ、ある種の生物学的リアリズム、すなわち、その恋愛体験の必然的結果、娘が直面せざるをえない子持ち女としての「母」への地位転換を焦点にしているかもしれない。このような小説において、ヒロインたちはもはや父親の自慢の宝物として結婚市場に売り出されるべき純粋無垢な娘とは程遠い存在となる。彼女たちは、娘ではあっても、すでに母親でもあるのだ。

仮に妊娠と出産があらゆる娘を「母」たらしめるとするならば、このような生物学的変化はその娘が所属する家族の枠組あるいは社会において、娘という地位にどのような影響を及ぼすのだろうか。本書では、以下、五つにわかれた各章において、ヒロインの妊娠・出産がそのプロットに組み込まれているウォートンとドライサー、それぞれの小説における娘が母になるまでのプロセスに注目し、妊娠・出産といった生物学的身体変化が家父長制社会における従来の「娘」像にどのような影響を及ぼしているのか考察していく。

第一章

母になった娘
――『無垢の時代』が描く母系社会

たとえファロス的なまやかしが一般的に良好な関係を汚すことがあったとしても、女性は「母なるもの」（役割としての母ということではなく、名前のないもの、そして物事の源としての母という意味で私は言っている）から決して遠ざかりはしない。女性の中には、いつも、良き母の乳が少しは残っているのだ。彼女は白いインクで書く。(Cixous 93-4)

イーディス・ウォートンの『無垢の時代』は一八七〇年代の上流社交界すなわち「オールド・ニューヨーク」の閉鎖社会における人間模様を、社会の調和と個人の欲望の間で苦悩する男性、ニューランド・アーチャーを中心に描いた小説である。出版の翌年一九二〇年には女性作家としては初のピューリッツァー賞にも輝き、ウォートンの作家生活円熟期を代表する作品として、批評家の間でもこれまで安定した評価を受けてきた。物語のテーマである主人公のニューランドの苦悩を具現化しているのは、結婚対象として誰もが相応しいと認める純真無垢の良家の子女メイ・ウェランドと、彼女とは対照的にヨーロッパ大陸の退廃をひきずった、いわゆる「出戻り女」のレッテルを貼られたエレン・オレンスカという二人の女性の存在である。互いが従姉妹同士の二人の女性の間で揺れる男性、という構図の中で最近の批評家の間で注目を浴びてきたのは、ニューランドとエレンの関係、そして二人の苦悩についてであり、ニューランドの結婚相手であるメイに関してはあまり言及もなく、例えあったとしてもそれはどちらかというと批判的なものであることが多かった。これはある意味もっともなことで、メイは作家ウォートンがやや批判的な眼差しを向ける古くて保守的な「オールド・ニューヨーク」の伝統社会を体現した存在であるのに対し、エレンはそういった保守的な社会がもつ偽善と排他性の弊害を浮き彫りにするリベラルな人物として描かれていることに関係があるといえるだろう。ウォートン作品の批評家として名高いキャロル・ワーショベンの言葉を借りれば、エレンは既存の社会にメスを入れる「侵入者」、対するメイは幼稚な「子供の花嫁」と定義づけられるだろうか。

メイに対する批評家の態度というのは、それでも、数十年単位で探っていくとき、興味深い変化をみることができる。フェミニズム批評が台頭するよりはるか前の一九五〇年代、ある批評家はこのように書いている。

メイの、自身が所属する世界とニューランド・アーチャーへの献身的態度は賞賛に値しないだろうか？　高潔ではないだろうか？　この小説において高潔な性格の持ち主がいるとすれば、それはまさしく、表面上はピンク色と白色におおわれて、明快なまなざしを投げかけながらも、夫の知らざる情熱と犠牲心を内に秘めたメイ・ウェランドその人であるといえる。

(Coxe 159)

コウクスの、感傷的なメイへの賛辞は、やがてフェミニズム批評家たちによってより理論的で批判的なコメントへと変容をとげる。例えば、エリザベス・アモンズは次のように主張している。

中国でみられる纏足の風習のアメリカ版として、子供のような女性であるメイは、彼女の属する階級におけるか弱い女性の理想像をそのまま体現している。彼女は愛すべき人形のような存在であり、その無用性こそが彼女を囲っている男性所有者の社会的身分を肥大化し、「所有することの充足感」を与える一方で、そのダイアナのような処女性が征服と支配に対する「男性的虚栄心の情熱」をかきたてるのだ。(Ammons 1980, 147–8)

アモンズのこの論理はウォートン作品のフェミニズム的解釈における一つの原型を提示したといえ

るだろう。今日では多くの批評家がアモンズに倣って、エレンをたくましく独立心ある女性、対するメイを制約の多い社会の中で人工的に形成された無垢で無知な女性と、二項対立的に位置づける傾向がみられる。例えばクレア・ヴァージニア・エビーは、ウォートンの伝記的事実を文献に参照しながら、オールド・ニューヨークの社交界に生きるメイのような女性たちが貞淑を装って沈黙を決めこむことをウォートンが批判的に描いていると解釈する。リンダ・ワグナ＝マーティンも似たような立場から、メイが自身の妊娠について戦略的に嘘をつき、結果的に社交界の異端児であったエレンを追い出して社会の秩序を保とうとしているとして、メイに対して批判的な見解を示している。(1)

一般的にフェミニズム批評の文脈において標準的な解釈として流布している上記の批評家たちの見解は、型にはまったものとしてそれなりの説得力はあるものの、議論の根本的なところでまず問われるべき小説のナラティブそのものの信憑性について、まったく疑問視していない。『無垢の時代』は三人称で書かれているが、話者の視点はほとんど完全に主人公の男性ニューランドのそれと重複しており、読者は主に彼の目から見た社交界の様子を、物語を通して知っていく。そして、このニューランドこそ、妻メイのいわゆる誠実と献身を顧みず、彼女の従姉であるエレン・オレンスカとの恋に落ちていく張本人なのである。テクストの字面を追う限りにおいて、読者はニューランドが何を考えどう行動するかを手に取るように知ることができる。しかし、彼をとりまく人々――特に女性たち――に関してはその言動に不明な点が多々あり、それらに関して、読者は、ニューランドの知り得た情報と分析を頼りに探っていかざるを得ないわけであるが、それにしては彼の立場が必ずしも中立的なものであるとはいえないという問題がある。さらに踏み込んで言うならば、本作品のナラティブは最初から中立性を欠いた偏りのあるものであり、我々読者はそのことに対して常に意識的でなくてはならず、また、テクスト内の語られず、言及がない部分で活動をくりひろげているであろう人々の動向については、与えられるテクスト情報以外の知識や文脈を視野にいれて解釈し分析する必要があるということである。仮に小説のナラティブが明白にすることを拒むような場面や、披露されるエピソードとエピソードの合間に何らかの断絶があると思われるような箇所がある場合、我々読者はテクスト表面で語られる物語の下で、例えばメイ自身の、また別のシナリオが存在すると想定することは決して不自然なことではないだろう。

例えば、メイが単なる「人形」のような存在であると断言する批評家たちは、この小説の最後の章をどう解釈するのだろうか。最終章において、読者ははじめて、メイがその生涯を通じてニューランドとエレンの関係をずっと知っていたことが明かされるが、彼女が「知っていた」という事実は、彼女が「無知」ではなかったということを証明するだけでなく、彼女の目を通してまた別の物語が存在しうるという可能性を示唆してもいる。そして、『無垢の時代』に新たな読みを提示するためには、メイの語られざる物語がどういうものであったのか、一見精緻につづられたテクスト内にところどころにみられる語られない穴の部分に注目し、彼女の隠蔽された声を拾い出すことが必要であろう。そうすることによって、従来の紋切り型ともいえるフェミニズム的解釈によって切り捨てられてきたメイ・ウェランドの人物像、および作品の解釈にこれまでとは異なる光をあてることができるのではないかと思われる。

本章の第一節ではまず、メイが、その語りの中心にある夫ニューランドの視点からどのように表象されているか、テクスト内で頻繁に使われる「白」や「空白」というイメージを取り上げながら、主に考察する。古典的な男女関係においてしばしば顕著であるように、純真無垢なメイは、ニューランドによって常に物語を書き込まれる空白のページとして表象されるべく構築されているのであるが、ニューランドのこの伝統的ともいえる試みは残念ながら成功することはない。続く第二節では、ニューランドの視点から主にとらえられていた物語の流れとは距離をおき、代わりに、テクスト内に分散する様々なエピソードの断片に注目する。それらの断片をつなぎ合わせることで、これまでニューランドが中心だった伝統的父権制社会の裏側に広がる強固な母系制社会の存在を見出そうとするのがその目的である。そして第三節においては、この小説において重要な事件として存在するメイの妊娠に焦点をあて、それが示唆するところを、単にずるがしこいメイによる周囲の同情を請うための稚拙なパフォーマンスであると一掃するのではなく、彼女に与えられた自己表現の一方法として物語性を帯びたものであることを明らかにする。

1　空白のページ

主人公の男性ニューランド・アーチャーを軸に、その両脇によりそう二人の女性エレンとメイは、あまりにも単純化されすぎていると思わせるほどに対照的な女性として描かれている。洗練されたヨーロッパの香りとともに、ニューランドの中に恐れと羨望、そして欲望をかきたてるファム・ファタールとしての既婚女性エレン・オレンスカと比べると、文化的教養も発展途上の新大陸に似つかわしい、純真無垢な未婚女性メイ・ウェランドには、色に例えるならいかにも「白」がふさわしい。物語の冒頭部分、メイは「白を身にまとい」、「ひざの上に［白い］スズランのブーケを持って」、それを「白手袋をはめた指の先で」触っている (13)。場面は『ファウスト』が上演されているニューヨークの音楽堂がその舞台である。この時点ではまだ婚約者であるニューランドは、観劇の最中、ミンゴット家の客席で母親のオーガスタ・ウェランドと伯母のメアリー・ミンゴットの後ろに座るメイの姿を発見する。その白い衣装と同様に、ボックス席におけるメイの居場所は親族構造の観点から考えるとき極めて示唆的である。近親の既婚女性に守られてその背後にひっそり着座する彼女は、嫁ぐその日まで公共の場に姿を完全にさらすわけにはいかない、親族内の重要な所有物なのである。

ニューランドが、「この劇の意味をメイは理解していないだろう」(13) と推測するのも無理はない。舞台上ではプリマ・ドンナがヒナギクの花びらを手に、イタリア語で「ママ、ノン・ママ」と歌っているのだが、これは良く知られた花占いで、愛する男性が自分を「好き、嫌い」のどちらかを問うている。若くて幼いニューランドの婚約者には、男女の恋愛に関してまだ何もわからない状態に（あるはずで）あり、ましてそれがイタリア語で上演されているとなると、なおさらである。

とはいえ『ファウスト』のこの場面が劇中劇のようにここで取り上げられているのは、特に小説内の現在の状況を考えたとき大変ふさわしい選択であるといわねばならない。婚約中のニューランドにとって、この舞台場面は、現在自身が体験中の健全なロマンスの象徴そのものであり、プリマ・ドンナが最後の花びらを手に勝ち誇ったように「ママ（好き）！」(12) と叫ぶとき、それはそのままメイもまた彼が彼女を「好き！」であると知って単純に喜ぶであろうことと結びつく。だがこの劇中劇を外側から眺めている小説の読者にとっては、事態はもう少し複雑でもあるのだ。「劇の意味を理解できないであろう」メイにとって、イタリア語の「ママ、ノン・ママ」はそのまま字義通りとるなら「お母さんか、お母さんでないか」という選択肢の間で揺れているとも解釈しうる。皮肉なことに、実際この歌遊びの音声的解釈にたがわず、メイはニューランドとの婚約期間中も、また結婚後も最初の二年間は、彼女が現在座っているボックス席における彼女の位置が示唆するように決して母のそばを離れることはない。プリマ・ドンナの勝ち誇った「ママ！」の叫びはそのまま、ニューランドではなく母の寵愛と庇護を選んだメイのその後を示唆しているともとれるのである。実際、この劇の場面から数日たって、メイは再び「白と銀のドレスを着て紙には銀の花びらのリースをつけて」母とともに登場する(59)。そして結婚後二年たったときでさえ、メイはいまだに処女のような純真さを持ち合わせ「腰まわりには薄緑色のリボンを巻き帽子には乳白色のリースをつけた白いドレスのいでたちで」あらわれ、「女神ダイアナのような気高さ」をたたえている(170)。

一見したところ、あまりに誇張されすぎたともとれるメイの「白」のイメージは父権制社会にとって好もしい存在である身の程をわきまえた女性の象徴としてとらえられるだろう。「白」はすなわち「無」であり、女性は自分自身の考えを持たず、言葉や文字を操ることのできる身近な男性、つまり父親や夫によってのみ導かれなくてはならないことを意味する。「女性は我々と同じように自由であるべきだ」という信条を掲げ、自分はリベラルな考えであると自覚しているニューランドだが、彼もまたこの文化的にジェンダー・バイアスのかかった父権制社会のディスコースから逃れることはできない。メイとの結婚生活を夢見ながら、ニューランドはこの若い花嫁の中に「目覚めさせるのが楽しみな、輝ける感情」を見出している。若干の優越感にひたりながら、彼は自分自身が「花嫁が自分に与えてくれるであろう染み一つない白いページとひきかえに与えられる空白のページを持ち合わせていない」と考える(43)。父権制社会のディスコースでは、純真無垢な乙女であるメイの人生のページは「空白」の状態で嫁ぐ日を待つべきものとされる。そして、夫となるニューランドに課せられた任務とは、「この若い女性の目を覆っている包帯をとり、目前に広がる世界を見ても良い」と導くことなのである。言い換えるなら、ニューランドの使命とは、彼の前に差し出された「タブラ・ラサ」に自身の嗜好と価値観を植え付けることなのである。

メイを導き教育を施そうというニューランドの当初の計画は、しかしながら、物語の中盤にさしかかる頃、頓挫してしまう。メイは、その属する社会の伝統に従って常に自分の意見や思考を語ろうとしないために、その白いカンバスにニューランドの教えが刻み込まれることは決してないのである。自身の妻をどう解釈してよいかわからないニューランドは次のような疑問を抱くようになる。

これ以上ないくらいにまで高められた彼女の「品の良さ」が実は「無」にすぎず、空っぽの空間の前に降ろされたカーテンにすぎないならばどうしたものだろうか？（略）彼はこのカーテンをまだ開けたことがないというふうに思っていたのだ。(171)

結婚後に取り除こうと思っていた「包帯」のイメージはここでは「カーテン」に形をかえ、その厚手の織物に包まれた妻の本心はニューランドにとってますます解読不能なものとなっている。ただ解読不能であるだけならまだしも、ニューランドはメイの本心そのものが「無」であるとさえ考えてしまっている。多くのフェミニスト批評家と同じくニューランド自身も、この時点でカーテンの裏側にある何かを理解することをあきらめてしまうのである。しかし、ニューランドにとってメイが解読不可能であることの原因は、彼女の思考が「無」であることではなく、解読を試みるニューランドの思考自体が言語中心主義の思潮の産物であるということではないのだろうか。その証拠に、ニューランドは少なからずメイの教養のなさをひそかに軽蔑しており、例えば、彼女の手書きは「幼稚」で、詩を読ませたらその解釈はニューランドの「鑑賞の楽しみに壊滅的な被害を与えている (219, 233)。この点はメイの思考が本当に「無」であるかどうかを見極めるうえで重要である。仮に、彼女の解読がニューランドにとって不可能なのはその解読の方法が彼自身の思考をつかさどる言語を介してのみ行われなければならないからであるならば、それは必ずしもメイの思考自体が「無」であることにはならない。

夫としてのニューランドがあきらめてしまったメイの解読を試みるためには、彼の視点を中心に彼の言葉で語られるテクストの表面を追うだけでは不十分であることが以上のことから明らかになったと言えるだろう。本論では、ニューランドの視点から少し距離をおき、メイをとりまく女性親族たちの言葉を介さないコミュニケーションに焦点を移し、この問題を掘り下げて考察する。

2　母系社会

『無垢の時代』を読む際、その舞台となるニューヨーク上流社交界に登場する人々の複雑な親族関係を解き明かすことが小説の醍醐味の一つといっても過言ではないだろう。ウォートン自身も小説内で「網の目のようなニューヨークの親族関係」と形容しているように、小説内に描かれる人物たちは主要な者から端役の者まで、それぞれがどの血族に属し、どの親族との婚姻関係を経てどういう社会的身分に属するようになったのかということがテクストの中で断片的にして網羅的に言及され、それを手繰り合わせていけば、読者は緻密なまでに構成された家系図の上に物語が成り立っていることを知ることができるのである。親族関係や家系図というと、文化人類学における父権制社会における女性の交換を連想させるかもしれないが、『無垢の時代』において繰り広げられる家系図において健在なのは、旧家に嫁がせて血統と財力を強固なものにするための道具として使われる女性たちが、実のところ「家」の垣根を越えて互いに結びつきを保つ母系社会の連帯である。『親族の基本構造』において女性が親族間における交換手段となっていることを説いたレヴィ＝ストロースの言葉を借りるならば、

女は、母親から受け継いだ、ある種の懐かしさが感じられる母親の家系と、父系の調和的体制

のもとに生まれた娘たちの運命である、隔離された孤独な人生を送る［嫁ぎ先の］家系を同列に並べることはできない。（307）

一見、男性中心の支配で成り立つニューヨーク旧家の貴族社会において、母系制の連帯意識というのは単なる意識レベルにとどまらず、一種の種族組織をその裏側に形成するほど強固な存在であるといって差し支えないだろう。小説内においてこの種族組織の頂点に立つのは、メイとエレンがともにその血統を受け継いでいるミンゴット家である。ニューランドは二人の女性の祖母であるキャサリンについて、次のように評している。

五番街以内の領域において、男性がやってのけることは何でもやってのけるのがこの女家長マンソン・ミンゴット夫人であることを、彼はもちろん知っていた。（17　傍線筆者）

ニューランドの指摘するように、ミンゴット家の家系図は小説内においてその枝を随所にのばしているが、それは血筋の怪しいスパイサー家から嫁いでミンゴット家を牛耳る「女家長」キャサリンを中心とした強固な母系制社会を形成している。小説の設定では、キャサリンは自身が生んだ五人の子供のうち、唯一の息子であるロヴェルにミンゴット家を継がせ、残り四人の娘たちを彼女の政略結婚の道具としてニューヨーク社交界の旧家との結びつきに利用した、やり手の老女である。彼女の出自が血筋のあやしいとされるスパイサー家であるというエピソードもまた、彼女の人生が小説内における語られない別の物語を想起させる。野望をもった新興成金が常にその秩序を脅かすニューヨークの上流社会において、現時点で不動な地位をしめているミンゴット家も、その優雅さと華やかさの裏に、したたかな生き残りの戦いにしのぎを削った過去が垣間見えるだろう。（次頁の家系図参照）

意識的か否か、小説内における主要な家族集団の描写には似通った特徴がみとめられる。すなわち、どの家族集団においても家庭内において権力をもつのは常に女性であり、それとは対照的に男性は非力な存在として描かれている。ミンゴット家の家長であったはずのマンソンは、物語の始まりにおいてすでに死んでいる。彼の跡継ぎであるロヴェルは存在していることになってはいるが、ニューヨークの上流社交界において大きな影響力を持つ一族の家長としてはまったくといって良いほど小説内で重要性をおびることはない。オーガスタの夫でウェランド家の家長、ウェランド氏も病弱という設定からして非力な男性の代表格であるといえよう。メイの父親であるにもかかわらず、小説内でそのファースト・ネームさえも明かされることはない。また、ウェランド氏とオーガスタの間にはメイをふくめて三人の子供がいることになっているにもかかわらず、メイをのぞく二人の息子たちは登場することもなく、誰の口からも言及されることすらない。

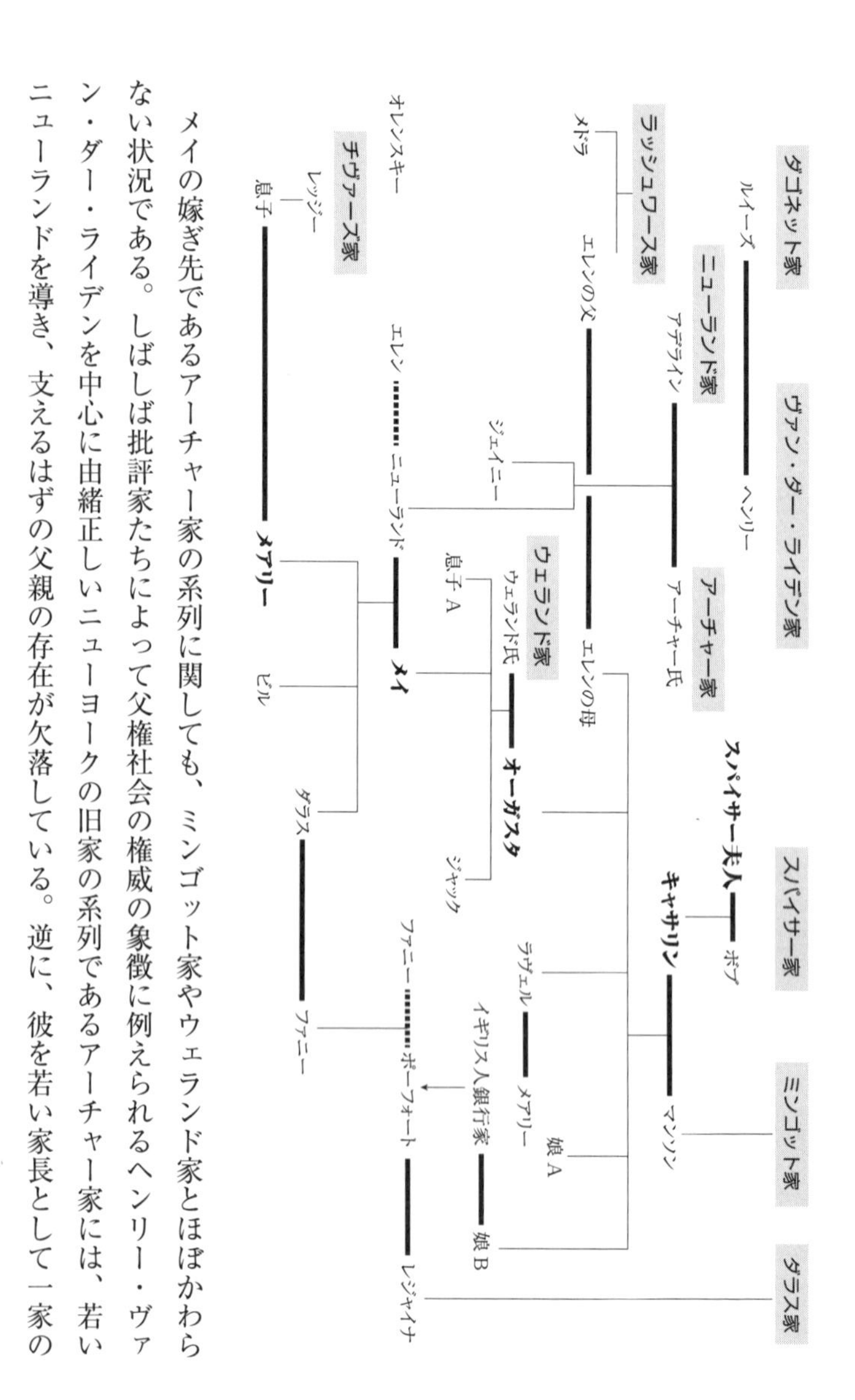

メイの嫁ぎ先であるアーチャー家の系列に関しても、ミンゴット家やウェランド家とほぼかわらない状況である。しばしば批評家たちによって父権社会の権威の象徴に例えられるヘンリー・ヴァン・ダー・ライデンを中心に由緒正しいニューヨークの旧家の系列であるアーチャー家には、若いニューランドを導き、支えるはずの父親の存在が欠落している。逆に、彼を若い家長として一家の

主軸にすえながら、実際に彼に指図するのは母と姉であるアデラインとジェイニーであり、やがては嫁として入り込んだメイがその役目を引き継ぐことになる。男性の存在は父系制部族を次世代につなげる上で体面上必要とされるが、それ以外にその存在の必然性が感じられないのが、この小説における主要家族の特徴といえる。

男性優越支配のような見せかけを装いながら実のところ強固な母系制社会が形成されている小説内の家系図を前にして、我々読者はニューランドとミンゴット家の関係を再度とらえなおす必要があるだろう。これまでのところ、批評家たちはニューランドの視点から、彼とメイ、そしてエレンの三角関係を分析し論じることに終始してきた。つまり、ニューランドが対照的な二人の女性の間で心を揺さぶられるという構図が、ありきたりではあるものの一般的に流布していたといえる。しかし、この三角関係をミンゴット家の視点から考えてみるとまったく異なる解釈が可能になるだろう。二人の結婚適齢期にある女性、メイとエレンがニューランドを奪い合うのは、ニューヨークの名門一族アーチャー家の血筋を取り込むためにミンゴット家が行う、一種の部族内抗争なのである。もっとも、エレンは既婚女性であり、アーチャー家との結びつきには実質上その資格があるわけではないが、比喩的な意味でそう解釈してもよいのではないだろうか。ここで重要なのは、一家の長であるキャサリンが孫婿の中でとりわけお気に入りであるニューランドに対して、なぜ彼がメイでなくエレンと結婚しなかったのか、と幾度となく尋ねているという事実である。キャサリンの一見不可解なこの質問に対して、批評家のワグナ＝マーティンは「この質問はほとんど意味をなさない」（83）と一掃している。しかし、キャサリンの質問の意図は、ミンゴット家の女系ラインの構図に即して解釈するとき、きわめて示唆的である。メイとエレン双方ともに自身の直系の孫娘であるキャサリンにとって、そのどちらかが名門のアーチャー家とつながることは等しく利にかなったことである。ここで問題なのはむしろ、キャサリンの個人的な感情ではなく（彼女自身は明らかにメイよりエレンを気に入っている）、エレン自身に彼女を支えてくれる母親が不在であるという境遇そのものということになる。母親の死によってミンゴット家と直接のつながりを失ってしまったエレンは、メイと比べて最初から致命的に不利な状況に立たされているのである。

小説のヒロインとして、エレンの孤独な生い立ちと現在の境遇は、その他の登場人物と比べたときかなり際立っているといってよい。幼くして孤児となり、欧州で教育を受けた後、その地で結婚してしまった彼女には、他家に嫁ぐことでミンゴット家の繁栄に貢献する「娘」としての付加価値をもはや持ち合わせてはおらず、ニューヨークの上流社交界では、東洋の調度品や外国人の使用人に囲まれたエキゾチックなアウトサイダーとしてみなされることに甘んじなくてはならない。小説内に構築された家系図とそれをめぐる様々なエピソードを精読して気づくのは、エレンの存在がことさらに謎めいたものとして最初から設定されているということである。例えば、彼女の両親に関する記述はほとんど見当たらない。オーガスタとは姉妹になるはずの彼女の母の名前はどこにもかかれておらず、父方の姓も不明である。唯一、父方のおばであり、エレンの後見人であるメドラ・マンソンは、ニューヨーク社交界の中でも孤独な異端児とみなされている。ミンゴット家に属しながらも近親者の庇護に恵まれないエレンの孤独で疎外された立場がここでも強調されている。

ヒロインであるはずのエレンの境遇の詳細が可能な限り省略され、ゆえに謎に包まれているのとは対照的に、彼女と同じ、キャサリン・ミンゴットの孫娘であるメイの親族関係は常に明確である。そして、彼女のミンゴット家とのつながりは、その母親とのさりげない会話の一端に垣間見ることができる。例えば、オーガスタはメイに、スパイサー家の曽祖父の醜聞のために、曾祖母やその娘キャサリンが辛酸をなめた苦労話を次のように語り伝えている。

可哀想なスパイサーおばあさまのことがあるわ。あなたのひいおばあさまよ、メイ。もちろん、ひいおじいさまの金銭問題は私的な類のものでした（中略）。私自身、まったく知らないことです。お母さまは決して教えて下さらなかったから。けれども、その不名誉なことのためにスパイサーおばあさまはニューヨークを出て行かなくてはいけなかった。だから、お母さまは田舎でお育ちになったのよ。冬も夏も。十六歳になるまで。（217）

オーガスタの語りは、その苦労話の中身そのものより、その短い台詞内で言及される人物に特徴が見られる。すなわち、メイの「ひいおばあさま」であるスパイサー夫人、「お母さま」であるキャサリン・ミンゴット、「私」であるオーガスタ・ウェランド、そしてその娘として話の聞き手となっているメイ・アーチャーまで、四世代にわたる直系の女性が、それぞれ他家に嫁いだために４つの異なる姓をともなって登場している。女性が結婚市場における交換価値のある商品として、男性から男性の手に引き渡され、その絆の断絶を余儀なくされると理解される伝統的父権制社会の構図を表向きは踏襲しながら、この小説では、強固な女系集団が、親族女性の婚姻で一度は離散した後に、再び集結し、互いの結束をかためているのをみとめることができるのである。

その長い婚姻生活において、妻を理解することに匙を投げてしまったニューランドが、妻の死後、自分自身が彼女以外の女性を愛したことも含めて、あらためてメイについて回想する次の一節は重要である。

> 彼女は（中略）寛大で、誠実で疲れを知らなかった。しかし、想像力にまったく乏しく、精神的に成長することがまったくなかったために、若かりし頃の彼女の世界が一度バラバラの破片となり、再びそれが元に戻ったのだが、その変化にさえも気がつくことはなかった。（274）

メイの世界が「バラバラの破片」となった、というのはもちろん、この文脈ではニューランド自身の不貞をさしている。そして、「元に戻った」のも、彼がひそかにエレンをあきらめ、メイの夫としての任務を全うしたことをあらわす。しかし、ニューランドの意図するところとは別の、母系制社会の文脈においても、メイの世界はバラバラの破片となった後、元に戻るというプロセスを経ている。つまり、アーチャー家に嫁ぐことで、一度はバラバラとなる自分の出自とのかかわりを、母から娘へと家族をまたいで語り継がれる口述伝承によって、ミンゴット女性の先祖の物語を後世に伝えながら、自身の出自をとり「戻す」。そしてそれを知らないのは彼女なのではなく、彼女を娶ったはずのニューランド本人であるという、皮肉な結果をもたらしている。

オーガスタの語りに代表されるミンゴット女性のネットワークは伝統的に女性の創造性と関連付けられてきたキルト制作の布のつぎはぎと似通ったところがある。キルト制作における布のつぎはぎが「女性の時間の断片を反映し、女性の創造的で孤独な時間がいかに断片的で不確かなものであるかということをあらわしている」(149) といったのは『姉妹の選択』を著したエレイン・ショーウォルターであるが、メイが身をおく限られた世界は、自己表現のために男性が所有するペンと紙にかかわるものとして女性たちが持つことを許された針と糸が主体の裁縫の世界と結びついている。数世代において築いてきたミンゴット女性たちのホモソーシャル集団は比喩的にキルト仲間の様相を呈し、ショーウォルターのいう「出産や婚約を祝い」、「悲しみの儀式を共有し」、「そして情報を交換し、新しい技術を習得するために集まった」(148)。『無垢の時代』において縫う女性というのはそれほど頻繁に描かれているわけではないが、それでも象徴的な場面として、ある冬の晩に、ニューランドの横に腰を下ろし、ミシュレーを読む彼の隣で縫い物を行うメイのことが語られる。

彼が歴史書を選んだのをみると、彼女は縫い物のかごを取りあげ、彼のソファー・クッションの刺繍をひろげた。彼女は針仕事に長けた女性ではなかった。その大きな手は乗馬やボートこぎなどの屋外の活動に適していたのである。(233-4)

ニューランド（＝男性）の広げる書かれたテクストとしての「歴史書」に対抗して、メイ（＝女性）が広げ、自己を表現するのは布地の断片の上である。そして、針仕事が得意でない、とわざわざここで言及されているように、彼女がその不得意な縫い物の埋め合わせとして自己表現を行うのはまた別の機会として設けられた「屋外の活動」として行われるアーチェリーの試合であろう。この試合で一等賞を射止めたメイが、その賞品として獲得する、先にダイアモンドのついた弓矢のブローチを彼女の所属する一族の家長であるキャサリンに見せるとき、キャサリンは女家長にふさわしく、メイに対して「『いつか生まれるであろう』長女にあげられるようにとっておかなくてはいけない」と進言するのである。夫であるニューランドを目の前にして行われるこの発言は、ショーウォルターの言うキルト仲間を形成する女性集団さながらに集うミンゴット女性たちの結束を象徴的に表しているといっていいかもしれない。まだ宿ってもいない娘の誕生祝福を先取りするかのような言及を通して、キャサリンはメイに対し、ミンゴットの女系ラインをさらに未来に引きのばすことを奨励している。ミンゴット家が仲間の女性の出産を祝福するキルト集団であるならば、この集団の中で、メイはどのような「新技術」を仲間たちから習得するのだろうか？　キルトにおける縫い針にとってかわるのはアーチェリーの弓矢であり、メイは彼女の弓をもって、ニューランドの心ではなく、彼の所属するアーチャー家の血統を射止めることに成功する。メイがしばしばローマ神話における月の女神、ダイアナにたとえられるのも決して偶然ではないだろう。ダイアナは狩猟と処女性の守護神であると同時に女性の多産を願う女神でもある。アーチェリーの試合で、ダイアナの化身として弓を射るメイは、ミンゴット家の女家長の進言を実行できるように、後に娘であるメアリーを産むことになる。そしてメアリーもまた、ミンゴット一族の女性に課せられた使命を遂行すべく、ニューヨークの名門であるチヴァーズ家に嫁ぐ。メアリーの結婚によって、キャサリンを中心とするミンゴット家の女系の直系は五世代におよび、男性主人公ニューランド・アーチャーを中心に描かれた小説『無垢の時代』は、そのサブ・プロットで、彼の背後に広がる女系家族の年代記を形成している。

　嫁いだことで自らの姓を「アーチャー（弓を射る人）」とし、狩猟と出産、両方の技術を習得したかと思わせるメイだが、彼女のファースト・ネームが英語で「女系」を意味する「メイトリアーキー」の第一音節であることもあわせて考えるなら、本来、小説内で影の薄い存在であるとされてきた彼女の名前が示唆する潜在的な力はそれなりの注目に値するといわなければならない。ここで、メイだけでなく、彼女に関係する直系の親族女性の名前に注意を払ってみれば、直系にあたる人々がみな権力を感じさせる名前をもっていることに気がつく。「ロシア女帝と同じ名前にふさわしく」(18)、キャサリン・ミンゴットは一族を率いており、彼女の娘「オーガスタ」の名も、ローマ帝国初代の皇帝であるアウグストゥスを想起させる。それにひきかえ、エレン・オレンスカの名前はずっと弱々しい。ヘレン・キローランによれば「オレンスカ」というのはロシア語で「オレン」、すなわちアカシカ(赤い鹿)に由来するという(67)。キローランのエレンへの言及はその姓だけにとどまっているが、ロシア語の「オレン」がドイツ語では「エレン」または「エランド」となり、そして英語において「エルク」となる語源の変遷をみれば、彼女のファースト・ネームである「エレン」も、その姓と同じく「鹿」を示唆している。一人の人物名に二頭の鹿の内在――これは、一方で「アーチャー」(=狩猟者)」氏によって恋の的として射止められ、またもう一方で「アーチャー(=狩猟者)」夫人によってその関係を破壊するために弓を向けられるという、小説のプロット展開と不気味に一致している。

女系ラインや母系制集団は血縁だけのつながりでもない。ニューランドの母親であるアデラインは、その言葉「親愛なるメイこそ、私の理想です」(124)という言葉が示すように、嫁であるメイを慈しむ。もっとも、彼女の娘であるジェイニーは一生独身で過ごすため、彼女の女系ラインはメイを頼りに続いていくことになる。その証拠に、メイからメアリーにダイアモンドの弓矢のブローチが継承されるように、アデラインがその祖母から授かったという「小粒真珠とエメラルド」は、ずっと後になって、メイの義理の娘であるファニーに、ジェイニーの「(老いて) ぴくぴくと震える手」から渡される (277)。こうして、アーチャー家の女性たちも、その結束を血ではなく宝石に託して、女系ラインを形成するのである。

ニューヨークの旧家のしきたりにおいて、女性が身に着ける宝石はヴェブレンのいう主人の支払い能力をあらわすものよりむしろ、それを身に付けることで良い家柄に属している、もしくは属することを許されたことを誇りとする彼女たちの意思表示と受け止められる。いうまでもなく、言葉によって自己を表現することをしない女性たちにとって、その身につけるものが意図し、表象する内容は、会話の中身以上に重要である。新興成金に嫁いだ一文無しの貴族女性レジャイナの身に付ける宝石は、いくらそれが豪華であっても、夫であるジュリアス・ボーフォートのビジネスが破綻すれば、人々の非難と対象になるだけである。一時は「アメリカでもっとも誉れ高き一族」であった名門のダラス家から、その名前だけを持参金代わりに嫁いだレジャイナは、あやしい経歴をもつ金持ちの英国人ボーフォートの建てた「ニューヨーク中でもっとも素晴らしい家」に落ち着き、「宝石をちりばめた小指を動かすこともなくあらゆる人をひきよせる」ことに成功していた (22-3)。

そして、ボーフォートのビジネスが失敗すると、彼女はミンゴット家を訪れ、自分の実家であるダラス家のために、ボーフォートを支えて欲しいと頼み込む。しかしそのとき、キャサリン・ミンゴットは冷たく言い放つ。「ボーフォートがあなたを宝石で飾り立てた時、あなたの名前はボーフォートになった。だから、今度は彼があなたに恥をかかせても、あなたの名前はボーフォートのままなのさ」(217)。同じ宝石であっても、金で買ったものは恥辱の象徴となり、先祖から相続されたものには歴史的価値が宿っている。宝石にはそれ自体が発するメッセージがあり、それを身に付ける女性にとって単なる小道具を越えた、代弁者的役割を果たすことになるのである。

女性の自己表現と女系ライン形成に関してさらなる論を展開するにあたり、ここで再び先に言及したオーガスタの語りに戻ってみると、悲劇の伝説を朗々と語るオーガスタのエピソードには、自身の母親と祖母の苦境が中心になっている。しかし、悲劇の発端となった肝心のスパイサー氏の金銭問題については、何も明かされることはない。彼女自身がメイに告白しているように、「お母様は決してそのことをおっしゃらなかった」ために、彼女もまた知ることはなかったのである。この情報の欠如は、ウォートンが当時激しく非難したという、抑圧された女性たちが強いられる、お上品な沈黙の一例として、たとえばウォートン研究家のヴァージニア・エビーが主張していることに数えても良いのかもしれない。しかし、ここで重要なのは、オーガスタ自身が自分に与えられなかった重要な情報を知りたく思ったり、与えられないことを不満に感じたりする素振りすら見せないということである。オーガスタにとってスパイサー氏のスキャンダルは、彼女の属する女性親族集団の外側で起こったことであり、ゆえに、彼女とは無関係の事柄である。黙して語らないこと――それはミンゴット女性にとって不利益をもたらすことには決してならない。それどころか、沈黙することは、ことさらに自分たちの動向を詮索しようとするニューランドのような「外部」の人間に対して一種の脅威を与える武器ともなることがある。

例えば、アデライン・アーチャーが催した感謝祭のディナーの後、ご婦人方が居間で何を話したのかということに関して、ニューランドは知る術をもたない。もし彼が知りたければパーティーからの帰り道、妻に対して詳細を聞けばよいのだが、実際のところ、メイは「奇妙なほど押し黙り」、ニューランドは「彼女の脅威的な赤みを帯びた顔色で自分が包み込まれている気がする」(212)。沈黙は女性が発言権を持たない力不足のあらわれではなく、それどころか、その秘密主義的な性質でもって夫を脅威のもとにさらす力をもっている。メイやその仲間だけでなく、最終的にエレンまでもがこの女性たちの集団に取り込まれていく小説の後半部分は圧巻である。メイと二人だけの会話をもった後、エレンはメイ宛の手紙で、「もし私の友達の誰かが私の意志を変えようとしても、それはまったく無駄であるとお伝えください。」と結んでいるのだが、エレンの言う「誰か」とは、明確に言及されてはいないが明らかにニューランドのことを示している。そして、手紙の受取人であるメイは、この手紙を読んで、そこに名前が書かれていないにもかかわらず、エレンがニューランドとこの時点で完全に関係を絶とうとしていることを知るのである。もっとも重要なことを語らない首尾一貫したその姿勢でもって形成される親族女性たちのネットワークはまさに網（＝ネット）のようにニューランドを囲い込み、彼が彼女たちの意向や動向を知る前に、彼の企みをはぐらかしている。

『無垢の時代』が主要ナラティブの裏で、もう一つの物語を展開していることはこれまでに見てきたとおりである。目に見える形ではないが、女性たちは自分たちが取り込まれていく父権制の家族単位を超えて、女系集団を形成し、男性が操る言語のかわりに宝石や沈黙といった小道具を用いて結束を強めている。この女系集団において中心的存在となるのは、過去の読者によってこれまであまり重要視されてこなかったメイであるというのが本論の主張である。そして、このメイ本人に関して、彼女の夫によって空白のページととらえられてきた彼女の思惑、そして彼女自身の物語を読み解こうとするのであれば、ニューランドのその後の一生を決定付けるほど重要でありながら、これまであまり注目されることのなかった、メイの妊娠について考察する必要があるだろう。

3　メイの妊娠

夫であるニューランドによって下された、空白であり無であるという評価に甘んじてきたメイであるが、言語以外のサインによって彼女の自己表現を読み解くことはある程度可能ではある。例えば、当時の流儀に従ってメイがウェディング・ドレスの仕立て直しを身につけていた際、エレンに思いをはせるニューランドの目前で、そのドレスが泥で汚れ、引き裂かれてしまう場面が描かれている。空白のページを何より象徴している純白のドレスに物理的な傷がつくとき、それは無口なメイの内面的な傷を何より明白に物語っている。同様に、彼女の白い顔が時として赤らむことにもまた、若干の注目が払われてしかるべきかもしれない。言葉による自己表現をしないメイが、時折その顔を赤らめるとき、それは幼稚性を帯びていることを否めない一方で、彼女なりに精一杯の恥じらい、喜び、そして時として怒りを表していると考えられる。メイは、キャサリンが子供の誕生をブローチに託してほのめかした際には恥らい、また、感謝祭のディナー後、ニューランドに対して怒りをこめ、赤ら顔を見せている。そしてこの白地に赤のコントラストが想起させるのは、イサク・ディネースンの短編「空白のページ」に関するスーザン・グーバーの指摘である。歴代の皇女がその新婚の初夜に使用した純白のシーツに血の跡をつけ、それらは処女性の証しとして城内の壁に飾ってあるという寓話に言及しながら、グーバーは、父権制社会において他者でしかない女性は、常に男性の創作活動の対象でしかありえず、したがって、創作活動に従事する女性たちは、自分自身を犠牲にし、その身体を傷つけ、血を流して、物語を書いてきたのだ、と主張する。

グーバーの主張する女性の自己犠牲的創造性は、メイの妊娠とそれに続く出産にあてはめて考えることができる。メイにとって子供を宿すことは、夫によって「空白のページ」と定義された身体に自分の物語を記していく行為である。そしてその行為は、二度の出血を伴う。一度目は、ディネースンの描いた歴代の皇女たちと同様、処女性を失う初夜に、そして二度目は、出産時に。そして、皮肉なことに、メイのこの行為は結局のところニューランドの介添えなしでは成り立つことはない。メイの妊娠と出産に関して「ほとんど自己生成である」(31)とまで言い切ったのは批評家のパメラ・ナイツであるが、この指摘は比喩的に解釈できたとしても、現実的に考えてあまりにも的外れであるのは言うまでもない。確かに、ニューランドのエレンへの思慕を中心に、二年間にわたる新婚夫婦の関係悪化をサブ・プロットに展開するこの物語の筋立を冷静に解釈するならば、大きな転機として小説の終盤部分で明らかにされるメイの妊娠は、ある種の驚きとはぐらかしを読者に感じさせる。(2) 結果的にメイは、ウォートンが精緻に描き出す客間ではなく、まったく言及されることのない寝室において、夫の愛情を得ていたということが、彼女が妊娠したということではじめて明らかになるからである。もちろん、夫に対して「今日あなたは私にまだキスをしてくださっていないわ」とぎこちなく愛情を要求するメイの姿が描かれることもあるのだが(249)、このような会話の後で、実際に夫婦間で何があったのか、ということに関しては、読者の想像にすべて任せるしかないのである。ただ明らかなのは、メイが妊娠するためには、ニューランドとの事実上の性的関係がなくてはならず、その意味において、メイの妊娠はテクストの書かれていない部分を語る重要な役割を担っているといえる。メイの妊娠は、ニューランドのエレンに対する思慕の信憑性を少なからず揺るがす。またそれは同時に夫に精神的な不貞をはたらかれながらも彼の肉体的な欲望を満たしている妻の立場の不条理性をも明るみに出すのである。

メイの語られなかった物語は最終的に、彼女が自らの肉体に傷を付けて生み出した息子のダラスによって、言語化されることになる。メイの死後しばらくしてから、ダラスは、死に際に母親が彼に話した内容をニューランドに打ち明ける。

「お父さんと一緒なら安心だし、これからもずっとそうだろうから、とお母さんは言ったんだ。なぜって、かつてお母さんがお父さんにお願いしたとき、お父さんは一番欲しかったものをあきらめてくれたのだからって。」(280)

これに対してニューランドは「彼女は私に何も頼んだりはしなかったよ。」と答える。そして実際、メイはニューランドに対して、エレンをあきらめてくださいと、と明確な言葉で自身の思いを伝えたことはなかった。かわりに、アーチャー家の墓に埋葬された後、彼女は初めて自分の胸中を自分が産んだ子供に託してニューランドに明かすことになるのである。ニューランドとエレンの関係を断ち切る役割を果たしたメイの最初の妊娠と出産の産物である子供が、メイにそっくりと称される娘メアリーではなく、ニューランドが後に誇りに思うことになる息子ダラスであったということは重要かもしれない。黙して語らないメイを代弁できるのは、その誕生によって母親の結婚生活を保障しながら、父親と同じアーチャー家の跡継ぎとして父と同じ言語を話せる彼以外、考えられない設定といえるだろう。

『無垢の時代』の最終章は、ニューランドとエレンが数十年の時を経て再会を果たそうとし、結局は果たせないで終わる、おくゆかしく物悲しい恋愛の結末に焦点が当てられがちである。しかしまた、この章にはもう一つ、典型的なオールド・ニューヨークの夫婦が同じ屋根の下に居を共にしながらも、互いの所属する社会的領域から出ることのない、遠慮がちな結婚生活を数十年すごした後、妻の死後はじめて、和解にこぎつけたというハッピー・エンディングの側面がある。果たして、メイのページは最後まで空白なのだろうか?　グーバーの言葉を借りるなら、

空白のページの女性などどこにも存在しない。すべての女性がページの著者であり、その著者のまた著者なのである。実際に存在するもの——子供、食べ物、そして布地——を生み出すと

いう技術は女性の究極の創造性である。父権制社会の文化の文脈においてこれが不在とみなされたとしても、それは母系制社会における口承伝統によって、女性の集合体の中では賞賛されている。(306)

グーバーの主張にしたがえば、一見「空白」に見えるメイのページもまた、実は多くの物語が刻み込まれているといえるのかもしれない。そしてそのページが白く見えるのも、シクスーがグーバーと同じく、女性の創造性について、母乳の白いインクを引き合いに出していることを想起させる。メイの物語が見過ごされがちなのは、それが、母系社会の伝統の文脈でのみ、理解されうる表現方法をとっているからである。『無垢の時代』における隠れた母系制の物語はメイだけのものではない。それは彼女を生みだすことに関わった彼女の先祖の女性たち、また、彼女が生み出した後継者の女性たちすべてを含めることになる。そして、男性の操る文字で埋まったテクストの裏側には、網目のように連なる家系図を生み出すのに貢献した女性たちの、また別の物語が存在している。父権社会における婚姻制度では、一度嫁いだ女性は生家との関わりの断絶を余儀なくされる。しかし女性は他家に所属することになるからこそ、生家で自身の母親から引き継いだ見えざる力を行使することにもなるのだ。その力の一つが出産であり、それは単なる子孫繁栄の生理的現象を超え、父権制社会において表現手段が限られた女性にとっての自己表現の手段として、テクストの横に綴られる文字と交差する。小説『無垢の時代』は、この意味において、従来理解されてきた以上に複雑な語りの構造を提示しているといえる。そして、メイ・ウェランド・アーチャーは、エレン・オレンスカと並ぶもう一人のヒロインとして、小説においてきわめて重要な役割を果たしているといえるのである。

注

(1) メイは自身の妊娠について医者にかかる前にエレンに打ち明けるが、これは、その時点では不確定であった妊娠を盾にニューランドとの結婚生活を壊さないようにとエレンを牽制するメイの計算高い策略であったことを、後にニューランドは知ることになる。フェミニズム批評家たちのほとんどはメイのはたらく唯一の策略に対して伝統的な父権社会に過剰に適応した対応であることを強調してきた。しかし、メイの感情面に焦点をあて、彼女を擁護する論を展開している批評家も中には存在している。例えばイヴリン・フラカッソはメイの物思いに沈んだ青い目の描写に着目し、彼女を「洞察力があって意志の強い毅然とした女性」であると肯定的に受け止めている (43)。

(2) メイの妊娠は小説の結末を決定づける一方で、間違いなく、最後に用意された「ビッグ・サプライズ」でもある。とはいえ、ウォートンはメイの妊娠について、前もってテクストの中で彼女の顔色に言及することでさりげなくほのめかしている。結婚して二年が経過した後、アーチャー家の感謝祭のディナーからの帰り道、ニューランドはメイの顔色が「青ざめて」いることに気づく(212)。その後、キャサリン・ミンゴットが心臓発作で倒れた際に、ニューランドは再びメイが「青ざめて」いるように見えることに気づく。メイの「青ざめた」顔色は、彼女が夫の不貞に悩んでいることのサインともとれる。だが、彼女が自身の妊娠をニューランドに打ち明ける場面が近づくにつれ、彼女の顔色への言及は、妊娠の兆候に関するほのめかしと共に繰り返し強調されるようになる。ヴァン・ダー・ライデン家開催の晩餐会において、再び「彼女は青ざめ物憂げに」ニューランドの目にうつるのであるが、「彼女の目は輝いて」おり、あたかも彼女はこの時点では自分とエレンしか知らない妊娠を喜んでいるかのようにとれる(251)。帰宅後、再び「とても青ざめ」てしまうメイに対し、ニューランドはブランディを勧めるが、これに対し彼女は「一瞬、頬を染めて」辞退する(254)。メイがニューランドに自身の妊娠についてついに告白する直前、彼女の顔色は「青ざめ、やつれているが、疲労の域を超えた者が見せるまがいもののエネルギーを放って」いる(268)。さりげなく繰り返されるメイの「青ざめた」顔色への言及は最終的にニューランドに自身の妊娠を打ち明けるクライマックスの場面への布石となっているといえるだろう。

第二章

父を求める娘

――『国の風習』におけるアンディーンの結婚戦略解読

サン・デゼルにある数え切れないほどの多くの部屋には、代々この邸宅に居住した仕事熱心な女主人によって作られた刺繍を施されたカーテンやタペストリーのカバーがついた椅子などがしつらえてあった。そして老侯爵夫人と彼女の娘たちや同居人の女性たちが今でも精力的に針仕事を続けることで、この作品群はさらにその数を増やしていっているのであった。(327)

サン・デゼルとは、『国の風習』のヒロイン、アンディーン・スプラッグが彼女の三度目の結婚で一緒になったフランス貴族、レイモン・ド・シェルと共に気の進まない田舎暮らしを強いられる大邸宅である。アメリカ新興成金の娘としてニューヨークとパリの上流社交界で立身出世をはかるため、その二十代、三十代に三度の離婚と四度の結婚をやってのけるアンディーンは、美しいだけが取り柄の、知性も教養のない俗物的野心家として描かれている。二度目の離婚後フランスの片田舎に落ち着いた彼女は、この三度目の結婚が果たして良かったのかどうか、早速疑問を感じ始めているところである。貴婦人としてのパリでの派手で贅沢な暮らしを思い描いていた彼女に実際に与えられたのは、「サン・デゼル」というその名前が皮肉にも象徴するように、「寂れた」田舎の邸宅であった。ニューヨークやパリで楽しんできたパーティーや娯楽行事にかわって彼女を取り巻いているのは、「自分たちのものでもない邸宅のために」(327) 針仕事に従事し、カーテンやカバーを作成し続ける親族女性たちだけである。シェル侯爵夫人の肩書きをもつアンディーンは、自分にこれらの製作品を取り除き、好きなように邸宅内を改装する権利があることを知っている。しかし実際のところ、彼女はこの刺繍を施された作品群に触れることにはためらいを覚え、「彼らが家族という名で心底崇拝している、目に見えない大きな権力」に屈してしまっているのである (327)。『無垢の時代』と同様、ここでも沈黙の針仕事に従事することで母系ラインをつなげようとする女性たちの行為が描かれている。母から娘へ宝石が手渡されるように、サン・デゼルの刺繍製作品は邸宅内の家具を覆いつくすことで、その製作者である代々の女性居住人の歴史を主張しているかのようである。「編み針がカチカチとなる音と勤勉な指先の上下の動き」は、話されることも記録されることもない彼女たちの歴史を刻む唯一の表現方法であるといえる。

『無垢の時代』と『国の風習』はどちらも女性集団の結束や自己表現を扱っているが、この二つの小説の違いは顕著である。『無垢の時代』では、女性の結束はどちらかといえば男性中心の言語で語られるテクスト内にあり、その存在は最初明らかではないが、次第になぞめいた実態が現れてくる。そしてその中で、最初は、集団の外側にいたヒロインのエレン・オレンスカも最終的にはこの集団の中に組み込まれていく。『国の風習』において、フランス女性たちの集団は同性ではあるが他国の女性であるアンディーンの視点から観察される側として描かれ、その伝統的な工芸技術も彼女にとって単に「奇異」なものとしてうつるに過ぎない（327）。アンディーンはその結婚によってフランスの貴族女性たちの部族たちとの結びつきを法的に保障されてはいるが、彼女には真の意味で彼女たちと親戚関係を結ぶことはできない。部族の長であるレイモン・ド・シェル個人を彼女の持ち前の性的魅力で手なずけることはできても、淑女としてのたしなみの一つともいえる針仕事で親族の女性をリードすることができなければ、部族の一員に仲間入りしたことにはならないのである。

アンディーンが部外者であることをさらに決定付けてしまうものとして、より物理的な証拠、彼女の不妊という事実が存在する。邸宅内の装飾目的で行われる針仕事と同様、後継者を生み出すことは、父権社会の家族構造において嫁いできた女性の身分を保証するのに欠かせない仕事となるのだが、アンディーンはこの任務を半ば自分の意思で拒否する。しかし、この半ば意図されたともいえる彼女の不妊は本当にアンディーン自身の意思決定にすべて起因するのだろうか。『無垢の時代』において、メイの妊娠がテクストで説明されないニューランドの寝室での男性としての性的能力を表したのと同様、アンディーンがレイモンの子供を作らないことは、テクスト内で明言はされないが、夫婦間の微妙な力関係の変化と無縁ではない。結婚直後、レイモンはアンディーンに対して「もっとも情熱的な恋人」としてふるまう(322)。そしてその時点では確かにアンディーンのほうが彼の子供を欲しがらない意思表示をしていた。しかしながら、アンディーンの意思表示を受け止めたレイモンが彼女との距離をおくようになると、彼女は「レイモンを喜ばすことができなくなったとき、彼にとって私は存在しないも同然となるのだ、という恐れ」を感じ始める(316)。そしてほどなく、そのときはやってくる。アンディーン自身がレイモンにこの問題を直接投げかけるのである。「お義母さまは私たちに子供がいないことで私を責めていらっしゃるわ。みんな、これは私のせいだと思っているのよ」(325)。彼女のこの精一杯の問いかけに対し、レイモンは答えを慇懃にはぐらかす。「そのドレスは本当によく似合っているよ。それじゃ、おやすみなさい」(325)。この短いセリフの後、彼女に「背を向ける」彼の態度から、これ以降、二人の間に性的関係がないであろうことを読者は容易に想像できる。そしてまた、レイモンの発言は、アンディーンが美しいドレスを着けた人形として、この邸宅における美しい刺繍カバーを着けた家具同様、作りだされ、鑑賞される存在にはなりえても、シェル家に所属する女性として、自ら何かを生み出すことに貢献する役割を果たすことはもはや期待されていないことを暗に示唆しているのである。

もっとも、レイモンがアンディーンを拒絶している事実がある一方で、アンディーン自身がもっている妊娠や出産に対する嫌悪感も考慮されなければならない。二度目の結婚で彼女が自身の妊娠に気付く場面は象徴的である。アンディーンは「あたりかまわずすすり泣き」、そのときの夫であるラルフ・マーヴェルに向かって当り散らす。

私を見てよ。どんなふうに見えるか。そして、これからどんなふうになるか。毎朝、起きて鏡を見るたびに、だんだん自分の身体が嫌になっていく——そういう気持ちをあなたは味わったりしないでしょう。(118)

意気消沈した彼女に対してラルフが彼女を慰めて言うせりふは、まるで『アメリカの悲劇』における未婚カップル、クライド・グリフィスがロバータ・オルデンに対して言いそうな類の言葉である。「わからないじゃないか。もしかしたら、結局、間違いということもあるかもしれないし」(117-8)。

妊娠に対するアンディーンのことさらに強調された嫌悪感が想起させるものとして、ここでエイドリエンヌ・リッチの主張する「母性への恐怖(マトロフォビア)」を持ち出すことはあながち的外れではないだろう。リッチの定義に従えば、「母性への恐怖」とは、母なるものの力を長らく排除し最小化してきた西洋の思想の伝統に由来するものであり、非力な母親に自身の行く末を投影させてしまう娘の絶望がこの母性恐怖に結びついていく、としている。

多くの娘たちは自分たちの母親が「なんとかなるわ」とあまりに容易にそして消極的に現状を受け入れてしまっていることに怒りを覚えて日々を送っている。母親の自己犠牲は娘を単に辱めるだけではない。それは、女性になるということはどういうことなのかその手がかりを母親に求める娘を絶望させるのである。(243)

自身の容姿が変化していくことに対する生理的ともいえるアンディーンの嫌悪感がリッチの言うところの「母性への恐怖」にその原因があるとすれば、彼女自身、結婚制度を自身の立身出世にこれほど利用しながら、自身が母親になることの怯えをさらけだすことの理由を提示しているといえるだろう。つまるところ、アンディーンは父権社会のディスコースにおける「娘」像の権化なのであり、彼女がこの社会で生き抜くために必要なのは母親というお手本ではなく、自らを擁護してくれる父親のほうなのである。結婚制度に賛同しながらも母親になることを拒絶する彼女の態度も、そういう文脈でなら説明がつく。彼女の究極の望みは、必ずしも良家に嫁いでその一員となることではなく、父親の権力の庇護のもと、結婚適齢期の娘である自身の価値を最大限引き伸ばしたいという野望なのである。この前提条件のもと、問題になるのは、母親という立場を受け入れるか否かを含めた結婚後のアンディーンの所作ではなく、むしろ彼女が婚前の「娘」という立場にどれほど執着し、それゆえに、夫を含む周囲の男性すべてを自身の父親のように仕立て上げるかということであろう。彼女の四度にわたる結婚は、夫に父親代理を求める行為として説明されなければならない。

以下、『国の風習』を論じるにあたり、本章ではヒロイン、アンディーン・スプラッグの結婚を読み解くに際して父・娘の関係を軸に展開していこうと思う。まずは、アンディーンと実父アブナーの関係を、彼女の精神的、社会的、そして経済的依存の観点から詳細を追っていく。[1] また、それに伴い、彼女が結婚相手として選ぶ三人の男性とどのような関係を持つのか、アブナーとの関係との比較を通して分析していく。そして、アンディーンの父親代理を求める結婚戦略を物語の構造レベルにおいてさらに深めて論じるにあたり、彼女と同名のドイツのおとぎ話をもとに十九世紀前半に書かれたフーケーの『アンディーン』におけるヒロインと父親の関係を、『国の風習』におけるアンディーンのそれと比較検討する。一世紀の隔たりとヨーロッパとアメリカというまったく異なる舞台をもつ二作品であるが、時空間の格差を越えて、両者を並列に論じることで、『国の風習』をヒロインの父親代理探求の物語として読むことが可能になると思われる。

1　父親代理を求めて

仮に自分を庇護してくれる男性を見つけることでしか生きていくことがきわめて困難であるのが

父権制社会における女性の状況であるならば、アンディーン・スプラッグは、ある意味この社会に過剰適応している女性といえるかもしれない。彼女が絶えず求め、そして得ることに成功しているのは、社会的地位の高い、金持ちの夫である。四度の結婚とその各々の生活が物語のあらすじの大部分をしめることから、この小説に関する批評も、おのずとヒロインの結婚にかける野心やその策略をめぐる議論を中心に展開してきた。アンディーンの身勝手な生き方や不道徳で低俗な行いは、当然のことながら小説の最初の出版に際して批評家たちの非難の対象となった。R・W・B・ルイスによれば、「一人の評者がアンディーン・スプラッグはアメリカ小説においてもっとも不愉快なヒロインであると不満を漏らしたのはもっともなことであったし、他にも、この本は男女を問わず多くのアメリカ人を誹謗にさらしたと、重々しく明言した者もいた」(351)。それでも、現代の批評家たちは当時と比べるとかなり寛容である。ヒロインのおかれた歴史的・社会的状況に対してある一定の理解を示しながら、彼女の行いは限られた状況において理解しうるものである、と考える批評家の中には、例えば、アンディーンの結婚を、上流階級に仲間入りするためのビジネスとしてとらえる者がいる。エリザベス・アモンズは、アンディーンの野心をさして、女性の結婚を男性のビジネスと同等に扱いながら、興味深い分析を行っている。

ウォール街が現代の悪徳実業家たちの戦いの場所であるとするならば（中略）、その女性版にも株式取引所は存在する。彼女自身が売買の対象となる株であるところの結婚制度という市場である。(Ammons 1980, 107)

アモンズと大筋で歩調をあわせながらも、アンディーン個人のやり口をウォートンの他のヒロインと比較分析しているのは、キャロル・ワーショベンである。

アンディーンは『歓楽の家』における］リリー・バートを潰してしまったのと同じ社会を相手にしなくてはならない。そこは、金が物を言い、装飾品と化した女性が互いをライバル視し、人間性を失わせてしまう、そのような社会である。そういった社会の要素を自分にとって一番有利になるように利用しながら、アンディーンはその社会における頂点を目指していくのだ。(Wershoven 1982, 59)

興味深い指摘である一方で、この二人の批評家たち見落としていることも忘れてはいけない。アンディーンはこの世知辛い世の中における敗者ではないとはいえ、その結婚戦略において決して勝者でもないのである。貴族との結婚を果たしはするものの、後に明らかになるのは、それが必ずしも富の獲得と結びついているわけではないということである。アンディーンは毎回、念願の結婚を果たした後になってその事実を突きつけられ、極度の資金不足に欲求不満に陥り、それが原因で結婚生活は破綻するという愚行を繰り返している。

資金不足、というのは、物質的な富に対する彼女の絶え間ない欲望から生まれるものであるのだが、彼女の消費欲は特に強く、通常、「余剰」とみなされる宝石やドレスといった類のものも彼女にとっては常に生存に欠かせない「必須」部分であるため、なかなかそれが満たされることはないのが現状である。例えば、彼女にとって初めての貴族青年、ラルフ・マーヴェルとの結婚生活において、アンディーンは商人とのやりとりにおいて「単に消費する快楽を長引かせ、高めたいがために」、汚く値段交渉を行う。育ちの良いラルフはその行為を恥ずかしく思い、「君の手はけちん坊の手だね、」といって「その柔らかさとは裏腹に、ピンク色の手のひらを開けたときに五本の指が反対側にそらない」と指摘する。これに対してアンディーンは、「結婚してからこっち、家計のことしか話題にならないのだから無理もないわ」と、少しきつい口調で言い返し、彼との結婚生活において、経済的な心配をしなくてはいけないことは論外だといわんばかりに反論するのである（115傍線著者）。貴族階級の意外に質素な暮らしぶりをラルフとの結婚で知ったはずの彼女だが、これに懲りず、その次のレイモンとの結婚でも、贅沢な暮らしを夢見ていた彼女の野望はあえなく頓挫する。レイモンはシェル家の跡取りであるため、邸宅やその所有物の維持費に多額の出資が必要で、彼女が望むような贅沢を可能にするために費用が捻出されることはない。シェル家所有のパリの邸宅も、そのスイートに新婚夫婦の自分たちが住みたいと彼女は望むのだが、その邸宅から入る家賃収入に頼っているシェル家の財政状況から、「家計を考慮するならば、それは無理であろう」と、彼女は悟るのである(306　傍線著者)。

アンディーンの物質的な富への欲望は、四番目の結婚においてようやく成就する。四人目の夫として彼女が選んだのは出自の怪しい新興成金であるアメリカ人のエルマー・モファットであるが、この人物は実は彼女がラルフとの結婚のずっと前に、カンザス州のエイペックスにおいて最初に結婚していた男性であることが物語の中盤で明かされ、読者は大いに驚かされることになる。

アンディーンの四度にわたる結婚と富の獲得への過程は、ワーショベンが言うように「社交界の頂点に上りつめる」という意味では上昇の動きであるととらえることができるかもしれない。しかし、彼女の四度にわたる結婚で選んだ伴侶は最初と最後が同じであることが象徴的に示しているように、その変化には成長はなく、上昇というよりはむしろ平面状の移動に終始しているといえなくもない。実際、小説を通して絶えず移動する彼女の地理的な動きは、アメリカ西部のエイペックスに始まり、東部のニューヨーク、そしてそこから一度はフランスのパリまで、より洗練された都会へと渡ってはいくものの、最終的にはパリからアメリカ西部の都市リノに行き着き、かつてエイペックスで駆け落ちした男性と人生を再出発させているに過ぎない。これでは、男性の資本家たちがビジネスで一旗挙げるように、自身の美貌を資本として結婚市場で勝ち抜く女性版資本家、とい

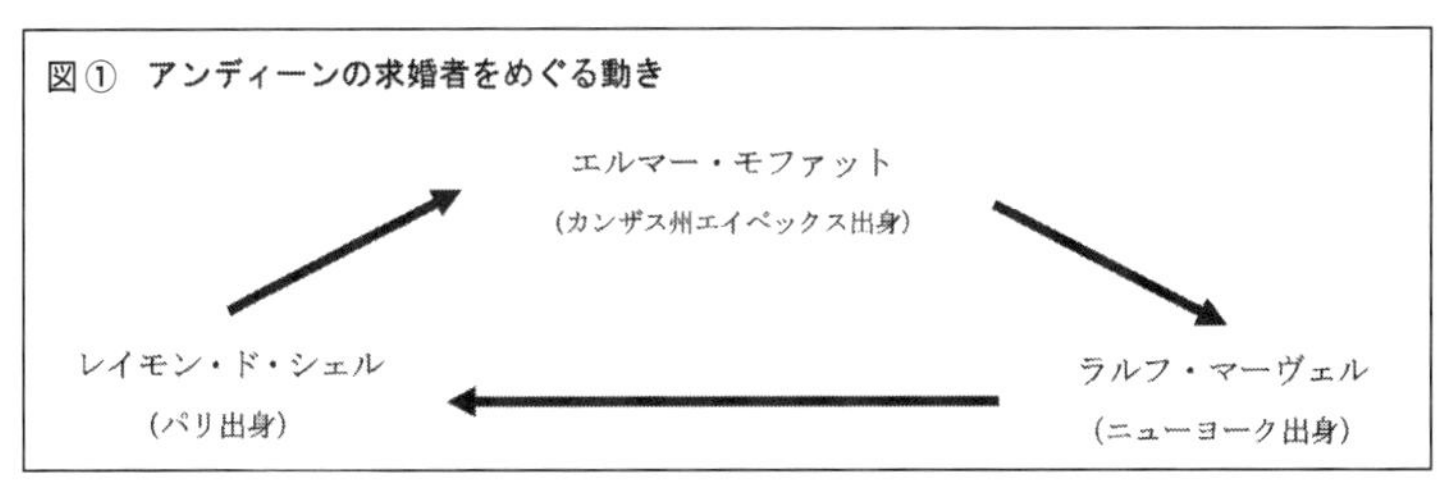

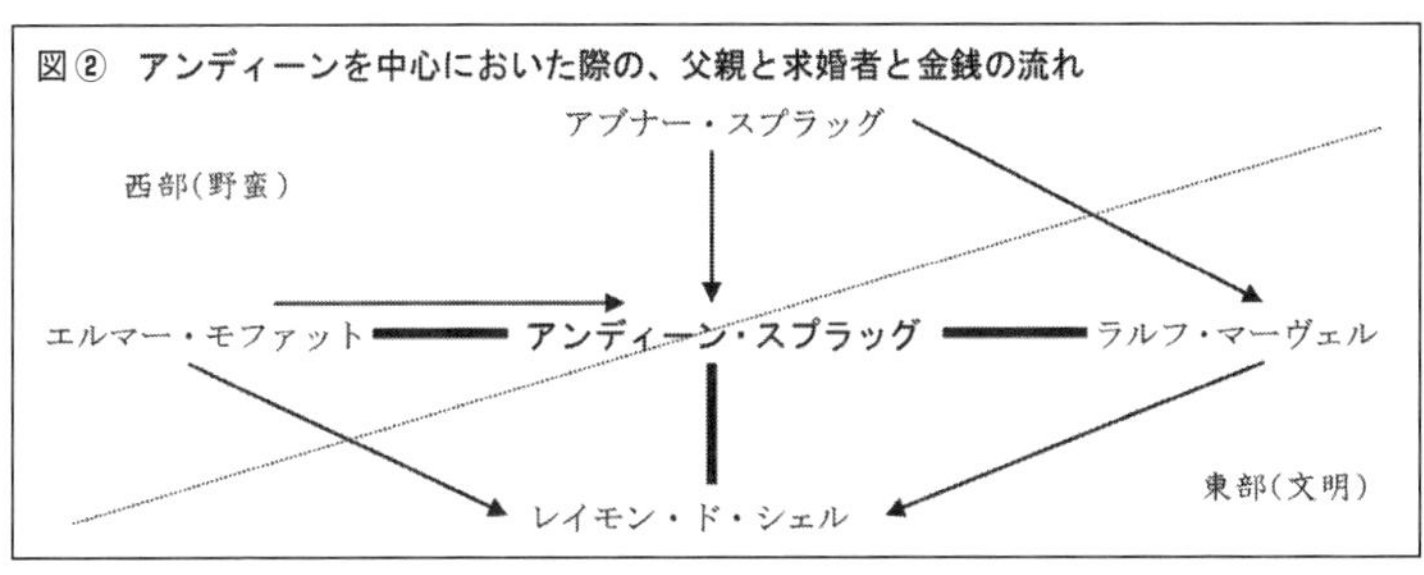

う、前述の批評家のアンディーン像とは矛盾が生じ、彼女の動きはその純粋な野望だけでは説明できなくなってしまう。

アモンズとワーショベンのアンディーン分析に矛盾点が見られるのは、アンディーンを取り巻く男性たちを単純な枠内にしか収めていないということが原因であろう。彼らの視点では、アンディーンと関わりがある男性は、彼女にとって自身の社会的経済的優位を確立するための単なる道具としての結婚相手に限られている。図の①はそれを図式化したものである。そこでは、彼女を経済的に、また精神的に見守る後見人としての男性は論じられていない。しかし仮に、アンディーンをとりまく男性の中に、彼女の一番の理解者であり近親者でもある父親アブナーを加えて、彼女の行動を再度分析してみれば、彼女の平面状の動きを説明する手がかりを与えてくれるのではないだろうか。図の②はそれを表したものである。

結婚制度をフルに活用し、社会的弱者であるはずの女性としての立身出世をはかる野心家とみられがちなアンディーンだが、彼女の結婚は、伝統的な父権制社会における典型的な結婚の様相として広く理解されているものとは若干異なり、通常ならば一度婚家に嫁いだ女性はその姓を変え、生家、特に実父との関わりも途絶えるところ、アンディーンの場合、結婚後も父親アブナーとの密接なつながりを維持し続けている。

また、抜け目のない計算高さとは裏腹に、その子供じみた性格と行動が時折強調して語られていることもここで指摘しておく必要があるだろう。二度目の結婚相手であるラルフが彼女のことを「まだ玩具で遊んでいるような年頃にいるかのようだ」(195) と評するように、彼女はしばしば幼稚な「子供」としてテクスト内で表現されている。ラルフと別れたいがためにパリに行きたいと言うアンディーンは、その秘密を打ち明けられた父親アブナーの目には「口をかたく結んで何か真面目な秘密を抱えた子供のように」うつる (153)。そして父親の反対を押し切って到着したパリで、彼女が次の相手に選んだピーター・ヴァン・ディージェンとの結婚にこぎつけないとなると、アンディーンはたちまち「金髪の巻き毛がかわいい天使のような幼子の頃、スプラッグ夫妻がその破壊的な怒りの嵐を前に立ちすくんでしまった小さな女の子が示す怒り」で身を震わせている (225)。彼女の幼稚性はレイモンとの三度目の結婚後もまだ発揮されていて、苦しい家計のやりくりのためにパリで夏を過ごせないことがわかるとまたもや「子供のように泣き出したい衝動にかられ」ている(334)。ワーショベンが別の著書において指摘するように、三度の結婚と四度の離婚を経てもなお、アンディーンは「もっとも有害な形で」「はかりしれないエネルギー」を持つ「子供の花嫁」もしくは「邪悪な天使」として描かれているのである(Wershoven 1993, 80)。

結婚相手の男性に対して「子供の花嫁」としてふるまうアンディーンは、嫁いでもなお実父アブナーにとって永遠の「娘」であるがために、幾度となく繰り返される彼女の離婚に際して、アブナーはその都度、彼女の身元引受人の役割を果たすことになる。まだ十代だったアンディーンがエルマー・モファットと駆け落ちすれば、アブナーは一週間後に彼女を連れ戻しに出向いていく。ラルフとの離婚に際して、アンディーンはそれで自身が被る社会的不利益を嘆きながらも、「自分の父親のことを、頼りがいがあると思っていた。彼女は自分を守ってくれる男性がいることを誇りに思った」と、アブナーを頼りにしている様子がうかがえる(237)。

俗物的なアンディーンが父親を頼りにするのはもちろん、精神的サポートのレベルにとどまらない。アブナーは彼女にとって経済的援助を見込める心強いパトロンである。未婚・既婚のステイタスにかかわらず、常に父親の経済力を求める彼女の行為は、実のところ、西洋の伝統において「結婚」の儀式が嫁ぐ女性にとって意味することと大きな食い違いを見せている。歴史的、文化的に西洋の父娘関係を分析したリンダ・ブースの研究によれば、娘の嫁ぐ日に父親の役割がもっとも強調されるのは以下の理由によるとしている。

結婚式というのは、実のところ花嫁と花婿が一緒になることではなく、娘がその父親と離れることを披露するための儀式である。儀式進行の台本を構造的にとらえてみると、西洋の伝統的思想が、娘と父の絆の特別な関係をたえず認識し、だからこそそれを断ち切るための特別な力を発揮させる必要に迫られてきたことは明らかである。（中略）花婿の家族と花嫁の母親はこの行動力学において特にその果たす役割というものはない。父親だけがその役割を果たし、共同体の前に自分が失うものを明示しなければならないのである。そして、その象徴的真実のために、花嫁の父こそが、彼女の結婚式の費用を払うことになっているのだ。(68–9)

ブースの言うように、仮に娘を手放す父親がその払い納めとして娘の結婚式の費用をもつというのであるならば、結婚してもなお、娘から金を無心されるアブナーの状況はどういうものであろうか。ラルフとの婚約に際し、彼の祖父であるダゴネット氏は「この若者の経済状況」を説明するため、アブナーを訪ねている(76)。法律事務所でのラルフの稼ぎでは若夫婦の生活を維持することは難しい旨を聞かされたアブナーは、イライラしながらダゴネット氏に「それならラルフは何ができるのですか」とたずねる。これに対し、後者は「詩を書くこと。少なくともラルフは私にそれが出来ることだと言いましたがね」と冗談めかして言う。[2] その後、ダゴネット氏はアブナーに対し、ラルフはビジネスで金儲けをするような教育を受けて育ってはいないので、ダゴネット氏自身が彼に年間三千ドルの援助を行うつもりだと説明する。アブナーはすばやく計算し、「そうですか。それなら二人は一月二五〇ドルで暮らしていかなくてはなりませんね」と答えるが、この時点で彼は結婚後までも娘に対して経済的支援を行う意思はない。しかしながらここでは、ダゴネット氏のほうが一枚上手である。彼はアブナーに対し、「その金額であなたのお嬢さんのドレス代は足りますかな？」と聞く(77)。結局この話合いの後、スプラッグ家の支出は結婚持参金と結婚式の費用だけにとどまらず、父アブナーは月々の仕送りとウェスト・エンド・アヴェニューに建てる家の負担も引き受けることで、「ラルフ・マーヴェルの収入とアンディーンの要求の間に生じる溝を穴埋めする」役割を果たすことになるのである(77)。[3]

アンディーンのレイモンとの三度目の結婚に際しても、ビジネスの様相を帯びた金の行き交いがなされている。この結婚では、アンディーン側からシェル家に支払われる金の出資者には結果的にアブナーだけでなくラルフも加わることになる。彼の死後、二人の間にできた息子ポールに遺された遺産のおかげで、アンディーンはフランス貴族に迎え入れられることになるのである。この事実はアンディーンの友人、トレザック侯爵夫人によって次のように説明されている。

良い縁談？　もし彼女［アンディーン］との縁談がそうでないというのであれば、シェル家はどんな高望みをしているのか、と私は聞きたいわ。（中略）ニューヨークの上流階級の人たちと親戚関係で、まあ、前の結婚を通してですけれど、それに、彼女の前夫は予想外の遺産をのこしているのよ。もちろんそのお金はお二人の間にできた息子さんのものですけれども、でもその息子は母親と一緒にいるわけだから、その収入を享受するのはもちろん母親ということになるでしょう。そして彼女のお父様も金持ちだというし。（309）

皮肉なことに、生前のラルフの収入は決してアンディーンの欲求を満たすことはなかったのだが、彼がエイペックスの危険な不動産投資に手を出し、その結果として莫大な富を手に入れることができたのは、二人の離婚後、彼が自殺した後のことであった。この財産は「スプラッグ氏が彼女に与えても良いと決めた金額に加えられて」、アンディーンがシェル家にもたらす持参金となったのである。ある意味ラルフは、アブナーと並んでアンディーンの結婚費用を支払う父親の役を、夫としての彼が死んだ後に果たしているということになる。

さて、アンディーンの結婚相手の中でもひときわ小説において重要な役割を果たしている人物がエルマー・モファットである。金銭への執着をあらわにする下品な性格と社交界の頂点へと上りつめるその野心を評して、しばしば批評家はアンディーンとエルマーを同類とみなしてきた。エレーヌ・ショーウォルターは、「アンディーンは『エルマーもどき』か、あるいは、エルマーは男性に生まれていた場合のアンディーンの姿」という見解を示している(Showalter 1995, 90)。確かに両者には多くの共通点が見られるわけだが、しかしエルマーのアンディーンとの関わり方や、そのビジネスのやり口を見る限り、エルマーが似ているのはアンディーンではなく、むしろその父親アブナーであるということができるだろう。事実、エルマーとアブナーは多くの点で類似している。ニューヨークに来る前、その財をエイペックスの水道事業において築くことに成功したアブナーと同様、エルマーも西部で同じ事業に携わり、自身のキャリアを磨いている。アンディーンとの駆け落ちに失敗した後、エルマーはアラスカに行かされ回り道を余儀なくされるが、数年後、スプラッグ家を追ってニューヨークへやってきて、ウォール街にあるアブナーと同じビル内に自身のオフィスを構えている。特に注目すべきなのは、エルマーがアンディーンに対して行う経済的な援助である。アンディーンにパリ滞在の費用を無心されたアブナーがそれを拒絶すれば、ラルフを怪しい不動産ビジネスの投資に巻き込んで、彼女の望みをかなえてやるのはエルマーである。前述の、ポールに遺されたラルフの財産も、その金額を倍にするために一肌脱いだのはエルマーであった。シェル家に払われたアンディーンの花嫁持参金は、こうしてみると、ラルフ一人の、というよりはエルマーとラルフの共同出資ととらえることもできるのである。

アンディーンは物語の終盤、エルマーとの再婚を果たすわけだが、これはアンディーンにしてみれば、決して計画的なものでないとはいえ、出来すぎた筋立ての運びとなっている。というのも、このときまでに彼女は「父がウォール街でもう一儲けすることはもうないだろう」と、老齢に達したアブナーにはもはや経済的援助を見込めないことを感じ始めていたのである。父親の物質的支援が途絶えるのと入れ替わりに、今度は裏方でなく、結婚という法的な正当性に基づいて彼女を支援するのは父親と同じ実業家であるエルマーである。そしてその正当性は何より、彼がアンディーンのために用意した結婚に際しての贈り物の品々が新聞各紙で報じられ、公共のニュースとなることでゆるぎないものとなる。[4]

花嫁への贈り物はマリー・アントワネットが持っていたという深紅のルビーのティアラと百万ドル小切手、そしてニューヨークの邸宅である。(372)

さらに、今回の結婚をめぐってもまた金銭の取引がアンディーンを取り巻く男性の間で行われている。弟ユベールが賭博で負った損失と、ユベールの義父の破産によってレイモンがシェル家歴代の家宝の一つであるタペストリーを売る羽目になったとき、これを買い付けるのはエルマーである。[5]そしてこのタペストリーはそのかつての所有者が珍重していた歴史的意義が考慮されないままに、この新興成金夫妻の邸宅の壁に飾られ、妻は無邪気な娘のように、夫の機転と手柄を喜んでいる。

『国の風習』をエルマーの物語として読むとすれば、それはホーレーショ・アルジャー風のアメリカ男性が回り道の末、一つの達成——アンディーンの獲得——を成し遂げる成長物語として位置づけられるかもしれない。しかし、ヒロインのアンディーンを主軸においたとき、娘という立場に固執している彼女には決して進化や成長の痕跡を見出すことはできない。子供が母の乳を与えられるように、アンディーンにとってその栄養源は父親から得られる札束である。

2 『アンディーン』と『国の風習』

父親代理を求めて結婚を繰り返す『国の風習』におけるヒロイン、アンディーンの名前は、彼女の祖父が売り出したカーリング・アイロンに関連付けて、フランス語で「縮れさせる」という意味の「オンデュレ」からつけられたというのが、小説内で紹介される母親の話である(50)。このエピソードが露呈するのはスプラッグ家の教養のなさであるが、それとは別に、「アンディーン」という名前から連想されるのは、人間と結婚してその子供を産むことで魂を持つことができるという、中世ヨーロッパに伝わる伝説に出現する同名の水のニンフの存在ではないだろうか。そして、『国の風習』におけるアンディーンをこの中世のニンフと結び付けるようとする試みはすでに幾人かの批評家が行ってきたことであり、その際には、ニンフ、アンディーンがもつ水のイメージが取り沙汰されたりもした。例えばローナ・セイジは次のように分析する。

両親というよりはその作家によって、水のニンフの名前がつけられたアンディーンは、セイレンを思わせる古典文学における海の精で、魚の尾をつけた人魚として描かれてきたネレイスと関係付けられる。(中略) 仮に、ウォートンが新しい (女性の) 人間の性格をもった突然変異の進化をとげた人物としてアンディーンを描いているのであれば、胡散臭い (fishiness) というのが適切かもしれない。(15)

もう一人の批評家、ヘレン・キローランもまたアンディーンの水との関連を、小説内のプロットを分析しながらさらに詳細に検討している。例えば、アンディーンの父親がエイペックスの水道事業に携わっていたことや、アンディーンの兄が汚染した水によって引き起こされる腸チフスで死んだこと、そして、ラルフが肺炎 (肺にたまった水が原因で起こる病気) を患ったことがきっかけで死に至ること、などを列挙する。また、キローランはアンディーンの冷淡で無情な性格を、ニンフの魂がない性質と結び付けたりもしている。

ウォートンのアンディーンを語るとき、もう一つ想起させるものとして、ドイツの文学作品『アンディーン』のヒロインについてもここで言及しておく必要があるだろう。中世のアンディーン伝説から作りかえられたこの作品は、十九世紀はじめにフリードリッヒ・ド・ラ・モット・フーケーの創作である。フーケーのアンディーンは「地中海の権力者である公爵」の娘として生まれた水の精で、貧しい漁師の夫婦を養父母として育てられたとされる(Fouqué, 86)。あるとき人間の男性で騎士のフルドブランドがたまたまこの漁師の家を訪れたとき、彼には既にベルタルダという婚約者が存在したにもかかわらず、アンディーンと出会って彼女と結婚することを決意する。アンディーンは結婚してもなお、近親者である水の精の介入を受け、ニンフであるという自身の出自を思い悩むことになる。また一方で、フルドブランドとアンディーンの間にベルタルダが割り込み、二人の結婚生活は決して夫婦円満な関係を築くことに成功しない。そしてある日、二人が川下りをしているときに、水の上では決してアンディーンを誹謗してはならないという約束をフルドブランドがうっかり破ってしまうと、たちまち、川の中からアンディーンの叔父キューレボルンが率いる水の精たちが川底から現れ、彼女を水の世界への連れ戻してしまう。アンディーンはその後、フルドブランドとベルタルダの結婚式の夜に二人の前に現れ、フルドブランドを殺して、水の世界に戻っていくのである。

ウォートンの『国の風習』とフーケーの『アンディーン』、二つのテクストを比較検討し、その構造的類似点について言及する試みは、例えばトマス・マッケイニーやリチャード・ローソンによってこれまでなされてきた。[6] しかし、この二人の分析はどちらも説得力のある論の展開になってはいない。例えばマッケイニーの論は、ウォートンの物語においてラルフが自殺する場面まで来ると急に両ヒロインを比較することをやめてしまい、次のようにまとめてしまう。「ラルフの死によって、水の精アンディーンの様相は小説内から消え去ってしまう。それはあたかもラルフの想像力によってのみ、このアンディーンのイメージが維持されていたかのようである」(184)。ラルフの死は、ある意味、水の精アンディーンの夫殺しの性質を強調できる場面でもあることを思うとき、マッケイニーの主張は中途半端なところで終わってしまっているといえるだろう。また、もう一人の批評家ローソンの論述も、二人のアンディーンをイメージとプロット構造の両方でその類似点に迫ろうとするものではあるものの、あらすじの整合性に固執するあまり、ラルフの死を説明するにあたってアンディーンと役割が入れ替わり、ラルフ自身がフーケーのアンディーンのように溺れてしまうという、飛躍しすぎた論を展開している。

[ラルフは] 夢想にふける中、アンディーンを探求することで自分自身を認識しようとするが、水と関わる中で同時に自身がアンディーンとなってしまう。これは、イーディス・ウォートンが珍しくも示唆に富んだファンタジーを喚起している例であり、このテーマは、ときにそのまま、そして対位的に、指摘され、強調されている。(117)

物語内の役割	『アンディーン』	『国の風習』
ヒロイン	アンディーン	アンディーン
父親	水の侯爵	アブナー・スプラッグ
求婚者	フルドブランド	ラルフ・マーヴェル レイモン・ド・シェル
恋敵	ベルタルダ	クレア・ヴァン・ディージェン
父親代理	キューレボルン	エルマー・モファット

【二作品における登場人物とその役割】

ウォートンが自身の「アンディーン」を描く際に、既存の物語である『アンディーン』に影響は受けたとしても、すべての点で合わせる必要はまったくないわけで、その意味において、両作品が様々な点で異なっていることについてその非整合性にあえて言い訳めいた説明を加える必要はないだろう。それにしても、マッケイニーとローソンの論は、そのどちらも、フーケーの物語を、ウォートンの小説におけるアンディーンとラルフの関係にのみ対比させ、それ以上踏み込まなかった点が惜しまれる。仮に、この両テクストのプロットの枠組にエルマー・モファットとキューレボルン両者を対ヒロインの関係から同じ位置において考慮してみれば、この二人が父親代理として果たす役割はさらに説得力をもって説明されることになると思われる。

『国の風習』と『アンディーン』の類似点は、プロットにおけるそれぞれの登場人物の役割分担を比較したときにもっとも顕著となる（上の表を参照）。もっともこれは、両作品が伝統的な恋愛物語の原型を踏襲していることを考えれば当然の結果といえるのは確かである。つまり、この種の物語には、嫁ぐことを前提とした未婚のヒロインを中心に、その両親（または養父母）、求婚者、ライバル、そして父親代理といった役割を果たす者が登場するのはある意味必然なのである。それでも、特にこの二作品に関して、プロット設定が詳細にわたるまで類似していることは特筆すべき事項であると思われる。

例えば、『国の風習』におけるアブナー・スプラッグがその事業において最初に財をなしたのは、彼がその設立に積極的に関わったエイペックスでの水道浄化運動においてであるが、アンディーンの父親としての彼が水の道を切り開いたことは、フーケー版のアンディーンの生みの父親が地中海で力を誇る侯爵であるという設定を想起させる。どちらの父親も、その一人娘が良い縁談を通して社会的地位が向上することを殊更に望んでいる点も類似している。水のニンフであるフーケーのアンディーンは魂を得るために人間と結婚する必要があった。そしてこのために、父親は彼女を川に流し、漁師の家で育ててもらい、人間の男性として申し分ない騎士のフルドブランドと出会って結婚できるようにした。父の思いは次のように記されている。「彼の一人娘には魂を授けてもらう必要があった。たとえそのことで魂を持つ者たちが経験する多くの痛みに彼女が苦しむことになったとしても」(86)。とりたてて良い家に生まれたわけではない平凡な一少女にすぎなかったウォートンの描くアンディーンもまた、それなりの身分を得るためには自身よりずっと高い階級に属する男性と結婚する必要があった。アンディーンが「(エイペックスに)おいておくにはあまりに勿体無い」ということで(9)、父アブナーは彼女をニューヨークに連れて行き、そこで出会った上流階級の家との縁談をとりつける。

　どちらのアンディーンにも、結婚後には困難が待ち受けている。ライバルの女性の出現である。そしてこのライバルに関しても、偶然にしては出来すぎているほど、両作品で類似点が見られるのである。ウォートンの小説においてこの役を演じるのはクレア・ヴァン・ディージェンである。フーケーの『アンディーン』におけるベルタルダがフルドブランドと同じ「人間」という種族に属するように、クレアもまた、ラルフと同じニューヨークの上級階級に属し、彼とは幼なじみという間柄である。どちらのライバルも、アンディーンの出現によって意中の男性との結婚を阻まれるが、アンディーンと男性の破局後に、取り残された男性の面倒をみている。

　そして、両テクスト内において最大の類似点と思われるのが、ヒロインに影のようにつきまとう父親代理としての役割を果たす男性の存在である。フーケーの物語では、「隠遁者として（中略）友達からも離れて一人奇妙な暮らしをしていた」アンディーンの叔父キューレボルンが、フルドブランドとアンディーンの関係に水をさす行為を繰り返す(86)。結婚式の最中に、漁師の家の窓の外からのぞいてみたり、二人が森をぬけて町へ向かう際に二人の前に現れたりする。人間との結婚によってようやく魂を得られたアンディーンにとって、キューレボルンは、自分がかつて水の精だったという事実を思い起こさせる厄介な人物である。キューレボルンが森で二人に近づいてくると、アンディーンは最初次のように言って彼を拒絶する。「あなたと私はもうこれからは何の関係もないわ」。しかしすぐに彼女は彼に嘆願している。「お願いだから（中略）私の前に二度と姿を見せないで。私は今ではあなたが怖いのです。もし私の夫が、こんなに奇妙な親戚といっしょにいるところをみて私を恐れるようになったらどうしたら良いでしょう?」(89)。アンディーンが彼との関係を断ち切ることを宣言すると、怒ったキューレボルンは滝に姿を変えて、フルドブランドの耳元でうなり声をあげる。「敏速で屈強な騎士よ、私は怒っていないし、喧嘩をふっかけたりもしない。ただ、かわいくて小さい君のお嫁さんをしっかり守ってやるんだな。敏速で屈強な騎士よ」(91)。そして、あたかもフルドブランドの妻を守る力を試そうとするかのように、キューレボルンは噴水の守役や、水の柱に変身する背の高い色白の男性に化けて二人の邪魔をし、最終的にアンディーンを水の世界へと連れ戻してしまう。前述の、キューレボルンとの接触を拒絶しようとするアンディーンのセリフは、ニューヨークの社交界にデビューしたてのアンディーン・スプラッグが、あるときエルマーと数年来で街で再会するときに示す動揺と狼狽を彷彿させる。ラルフとの結婚を目前に、エルマーと出くわしたアンディーンは、彼に次のように嘆願している。

ただ、お願いよ。後生だから、もうこのようなことは二度と決して言わないということを約束してちょうだい。（中略）ラルフ・マーヴェルには何も知られたくないの。彼の親戚や知り合いがこのことを知ったら、あの人たちは私との結婚は絶対に許さないでしょう。絶対に。それに彼だって、もう私とは結婚したくなくなるでしょう。彼は相当なショックを受けるでしょう。
(70–2)

アンディーンが恐れるのは、彼女がエルマーと同郷のよしみであること――すなわち、二人とも西部の田舎からやってきた成り上がり者であり、ニューヨークの上流社交界では「よそ者」であるという事実をマーヴェル家が知ってしまうことである。過去における自分との関係を隠し、よってこれからの付き合いまでも拒絶されてしまうエルマーは、しかしながらキューレボルンよりは実業家らしく、アンディーンの要求に絶好のビジネスチャンスを見出す。アンディーンに「結婚式を邪魔しない」ことを約束するにあたり、彼はその見返りとして、彼女にビジネスに有益な人を紹介するように頼むのである(72)。そして結婚後三年の月日がたったのち、アンディーンは「自分の誠実さを証明するため」、ラルフにエルマーを紹介し、不動産事業にラルフを巻き込もうとする。ずっと後になって、妻とエルマーがただ知り合いだったというだけでなく実はかつて結婚していたこともあるという事実を突きつけられたラルフは、そのことに絶望し、自殺してしまう。彼の自殺は、それが妻の裏切りが引き金であることを考慮すれば、アンディーンが直接に手を下したと言わないまでも、間接的に彼を殺したという意味においてフーケーのアンディーンとの類似点を指摘できるだろう。

とはいえ、キューレボルンとは異なり、エルマーは父親代理としてアンディーンを一人ではなく二人の相手から奪い返さなければならない。ラルフの死後、レイモンと再婚した彼女を求めて、エルマーは再び彼女のもとへと駆けつけ、シェル家の家宝であるタペストリーを法外な値段を提示して購入しようと申し出るのだ。彼の突然の訪問に驚くアンディーンは、それでも彼に再会できたことを嬉しく思う。期待とは裏腹に、レイモンとの結婚は彼女を貴族階級の女性へとは変身させてはくれなかったのである。そしてこのことはある意味、当然ともいえる。なぜなら中世のアンディーン伝説では、彼女は人間の男性と結婚して彼の子供を産まない限り、人間になることはできない。シェル家において石女をつらぬくアンディーンも、その名の伝説が示す通り、彼女が切望する貴族女性への変貌を遂げることはできないのである。そのかわりに彼女が戻って行く場所として用意されているのは、やはり自分と同じ境遇から出発した同郷のよしみ、エルマーである。結局彼だけが、「彼女と同じ言葉を話し、彼女の意味するところを知っていて、彼女の獲得している語彙では表現しきれない奥深い欲望のすべてを本能的に理解してくれる」人物なのである(341)。

フーケーのアンディーンが、自身の叔父であるキューレボルン統治する水の中に沈められてしまうとすれば、ウォートンのアンディーンは、エルマー率いる事業で生み出されるあぶく銭にひきつけられ、それに沈められていく。エルマーが彼女に「セマンティック号のデッキ・スイートの部屋」を取る約束をちらつかせて故郷のアメリカに帰ろうと誘ったことは十分示唆に富んだ行為といえよう。彼女を「海」の旅に誘うだけでなく、デッキ・スイートという特等の船室にこめられた富を提供することが示すように、エルマーは進化を遂げた現代のアンディーンが欲しているものを完全に掌握している。それは水そのものではなく、彼女が湯「水」のように使いたがる「金」のほうなのである。そして実際、小説において、金はしばしば水のイメージで形容されている。父親の金銭的援助が常習的となっているアンディーンはいくつになってもお金がどこからともなく沸いてくる、という甘い考えを抱き続けているわけだが、それについて小説では次のように説明されている。

離婚と再婚の狭間にあったとき、彼女はモノにはお金がかかるということを学びはしたが、だからといってモノなしで済ませるということはできなかった。そして今でも彼女にとって金というのは、何か得体の知れない気まぐれな水流のようなもので、それは時に地下に消えてしまったりするが、いずれそれは足元に必ず湧き上がってくるものなのであった。(316)

フーケーのアンディーンの生存に水が欠かせないとするならば、ウォートンのアンディーンの生存には「金」が欠かせない。そして、それぞれのアンディーンを支える父親代理の男に関しては、キューレボルンが「幾多もの大河を束にしたより大きくて力強い」と評される地面の下を蛇行する河川を束ねる一方で (Fouqué, 86)、エルマーは地面の上を蛇行する線路を束ねる「大金持ちの鉄道王」

(Wharton 1913, 372) として君臨する。そして実際、エルマーが統治する鉄道こそが、最終的にアンディーンをその出身地である合衆国の西部（厳密にはエイペックスでなく、すばやい離婚が可能なネヴァダ州のリノではあるが）へと連れ帰るのに使われる。

『国の風習』はヒロインの父親代理を求める物語として読むことができる。そしてそれはある意味、この小説が二十世紀初頭のアメリカを舞台に、旧い時代のつつしみを失ったかのようなヒロインを描きながらもまだ、ヒロインが結婚という儀式を経て父親から夫へとその庇護を受ける相手を変えることが人生の一大事として描かれた十九世紀の伝統的家庭小説の型を踏襲していることの何よりの証拠となっている。アンディーンの半ば意図された不妊と母親になることへの嫌悪感もまた、この文脈で説明されるかもしれない。とはいえ、伝統的な小説と『国の風習』には明らかな相違点がある。父親の庇護を享受する永遠の娘としての地位に固執するアンディーンにも、ポールという息子が存在し、彼はある意味、生き証人として母親の肥大化した野望と男性遍歴を揶揄する役割を果たしているのだ。ポールは物語内ではまったく目立たない存在として読者の関心をひくこともない。それでも小説の最後になって、自分の考えを表現することができる年頃になって初めて、成長したポールは自分の母親を批判するのだ。アンディーンのマッサージ師から、アンディーンが法廷で「フランス人夫のひどい仕打ちについて証言した」ことを聞かされた彼は、母親の証言が嘘であることを見通す。「フランス人のお父さんについて本当ではないことをお母さんは言ったのだった。半ば推測していたけれども、考えるのが怖くて目をそらしてきたことが鋼のように彼の小さな心をしめつけた」(372-3)。そしてしばらくたった後、ポールはレイモンが大切にしていた家宝のタペストリーを新しい父親の建てた新居に見出したとき、「涙を流して泣いてしまった」(374)。物語の最後にきてなされる、母親に対する息子の批判はそのまま、「嘘」で塗り固められたアンディーンの狡猾で欺瞞的な人柄を読者に印象付けることに一役買っている。その伝説の名前が象徴するように、アンディーンはその残りの人生も、父親の援助に生きる放蕩娘を演じきるであろう。そうすることがこの父権制社会を生きぬくのに彼女に残された唯一の術なのである。その不条理と不自然な様相は、しかしながら、必ずしも彼女の「娘」像への執着によって明るみにでるものではない。皮肉にも、そして逆説的にも、彼女が否定するのに躍起になっている自身の「母」としてのステータスが、それを露呈するのである。

注

(1)アブナー・スプラッグに関して批評家が何か注目することはほとんど皆無に等しかった。それでも、アンディーンへの投資の額からして、彼の存在の重要性はもう少し見直されなくてはならない。

(2)この発言はウォートンの自嘲気味な態度を表していて興味深い。

(3)この出来事は自身の結婚直前にニューヨークの社交界で珍しくなくなってきたある傾向について、ラルフが自分の所属する階級とその伝統の存在が薄まっていることを残念がる意味で感じている心情を吐露していることと関連付けられる。

「自分と同じ階級の娘たちが外部からの侵入者に身売り（結婚）していた。そして、侵入者の娘たちはまるでオペラのボックス席を買うように夫を買っていた。」(49)

ラルフはこの時点で自分が西部からやってきたまさに侵入者の一人に身売りされる立場になろうとは思ってもいないのは皮肉であろう。しかし、彼の祖父ダゴネット氏はある意味、アブナーとの話し合いにおいて、孫をスプラッグ家に売ったと考えることができる。

(4)エルマーとアブナーという名前の響きが似ていることは決して偶然ではないようだ。西部出身の新興成金としてアブナーとエルマーをペアとするならば、それとは対照的にラルフとレイモンが貴族社会の伝統的な旧家の跡継として位置づけられる。ラルフとレイモンの容姿が似ていることはテクストで幾度となく言及されており、何より、二人のファースト・ネームはどちらもRで始まるという共通項もある。

(5)アブナー・スプラッグと同様、ユベールの義父、アーリントン氏もシェル家を支えるアメリカ人新興成金の一人である。

(6) マッケイニーとローソン両氏は、『アンディーン』と『国の風習』のインターテクスチュアリティの可能性を論じている。マッケイニーはウォートンが『アンディーン』を若い頃にドイツ語か、少なくとも英語では必ず読んでいただろうと指摘する。ローソンはさらに踏み込んで、ウォートンは『国の風習』執筆にあたり、フーケーの『アンディーン』を意図的に自身の作品へ投影させているとみている。その理由として、たとえばアンディーンという名前が、「フランス語のオンディーヌではなく（中略）ドイツ語または英語であるアンディーン」を採用したものであるから、としている(110)。両氏の主張はそれぞれに説得力がないわけではないが、ウォートンの伝記や史実を扱った資料において、フーケーの『アンディーン』への言及はこれまでのところ見つかっていないこともまた事実である。

第三章

母の埋葬、父との結婚
――『夏』におけるチャリティ・ロイヤルの決断

成人男性が母子とたえず行動を共にしなくてはいけないということは必ずしもない。母子が食に満たされ、自分たちの身を守ることができ、子供が成人できるのであれば、その母子は生存できるのである。高度な社会においてこれは多くの場合可能であり、実際にこういうことはしょっちゅう起こっている。母子が男性による世話と庇護を必要としているときであっても、これを提供するのは必ずしも子供の生みの父である必要はない。(Fox 37–8)

イーディス・ウォートンの『夏』をフェミニズムの視点から読み解こうとする者にとって、チャリティ・ロイヤルは、貧しく、劣悪な状況におかれた女性が直面しがちな困難をすべて経験する悲劇的なヒロインとして位置づけられるだろう。小説内で語られる出来事はそのほとんどがヒロインのチャリティにとって不幸の連続といえるものばかりである。物語の冒頭で、養父である弁護士のロイヤル氏が酔っ払い、チャリティは養父による家庭内暴力を経験する。絶望にうちひしがれた彼女はその夏、現実逃避的な恋愛につかの間の幸せを見出すが、この恋愛によって彼女は妊娠し、中絶の可能性を探ることになる。そしてこの解決策として、最終的に手を差し伸べるのが彼女を家庭内暴力で苦しめた養父ロイヤル氏本人で、小説の終盤、チャリティは彼のプロポーズを受け入れて結婚し、彼女といずれ生まれるであろうお腹の子供の世間体は保たれる。つまり、この小説は、家庭内暴力、近親相姦、男性に搾取される女性、という、フェミニズム批評にとって格好のテーマとなるであろう女性の犠牲者をクローズアップした作品といえるのである。

反抗的であると同時に、弱くて繊細な部分も持ち合わせたチャリティ・ロイヤルは、その出自がはっきりしない貧しい孤児で、ウォートンがその描写を得意とするニューヨークの上流階級に所属する華やかな女性たちとは一線を画する、父権制社会における犠牲者的存在である。エリザベス・アモンズはチャリティを「生まれながらの反逆児」と定義し、「その認識においても実生活の上でもセックスと結婚を分けて扱い、結婚については彼女が求める独立を脅かすものとしてとらえている」と勇ましい評価を下している (Ammons 1980, 133)。アモンズの見解に同調する形でロンダ・スキラーンもまたチャリティの反抗的な行動のプロセスを以下のように分析する。

反逆的女性の代表といえるチャリティ・ロイヤルは、ノース・ドーマーの規律に引き込まれ、そこで「良い女の子」となるよう型にはめられる。しかし（中略）彼女はこの象徴的規律に対し、物語を通してずっと抵抗し続けるのである (119)。

アモンズもスキラーンも、チャリティの型にはまらない自己主張の傾向をことさらに評価している割に、彼女が物語の最後で、突然その反逆性を弱めて従順になり、養父と大人しく結婚までしてしまうということに関しては、説得力のある説明をなしえてはいない。アモンズはチャリティのロイヤル氏との結婚が「アメリカにおける男女の結婚は象徴的レベルにおいて近親相姦的である事実」を示唆しているとし、このことこそ、ウォートンが問題視していたことだ、と結論付けている (Ammons 1980, 137)。さらにスキラーンはより具体的な内容に踏み込み、チャリティは「心身ともに疲労してしまっていたが、ロイヤル氏はそれを利用して彼女を町へ連れ帰り結婚を果たした」としている (113)。しかしチャリティを「生まれながらの反逆児」や「抵抗する女性」として最初に定義したのであれば、体制に批判的であるはずの彼女が最後にあっさりとその体制そのものに屈してしまうことを疑問視しないのは理にかなわない。彼らの論の矛盾は、その主張があまりに短絡的で、チャリティを父権制社会の犠牲者として位置づける一方、ロイヤル氏を、支配的権力を振りかざす悪漢という単純化された図式にはめ込もうとしていることから生まれるのではないだろうか。[1]

物語の中で、チャリティは少なくとも三回、ロイヤル氏との結婚を回避する機会が与えられている。一番初めは、物語のごく最初の頃において、彼女に、ノース・ドーマーに程近いネトルトンという町にある寄宿学校できちんとした教育を受けてみてはどうか、という提案がなされたときである。この提案をしたのはノース・ドーマーに住む老女、ミス・ハッチャードで、チャリティはハッチャード家でこの提案を受けた後、ロイヤル氏のもとに帰宅する。玄関ポーチのところでチャリティを迎えたロイヤル氏は次のように聞く。


「それで、」彼は言った。「決まったのかい？」

「ええ、決まったわ。私は行かない。」

「ネトルトンの学校に？」

「どこにも、よ。」(16)


皮肉なことに、「どこにも行かない」というチャリティの言葉は、その後の彼女の行く末を暗示している。彼女は実際、どこにも行かず、ロイヤル氏のもとにとどまることになるのである。次に彼女がロイヤル氏との結婚を回避する機会を逃すのは、ロイヤル氏がチャリティに対し、彼女の恋人となったハーニーと結婚するべきだ、と言ったときである。そして三度目の機会は、チャリティが自身の生まれ故郷である近くの山へ出かけていき、そこから下山してきたときに訪れる。母親の葬儀に出席した後、山に住む自分の親族と別れてきた彼女は、ロイヤル氏の馬車が彼女を探してこちらに向かってくるのに気がつく。

彼女は最初、彼が通り過ぎるまで岩棚の下にうずくまっていたい衝動にかられた。だが、このひどい空虚な気持ちにあって、誰かが彼女の近くに来てくれている、という安心感は隠れていたいという本能的な気持ちにまさるものであった。彼女は立ち上がって、馬車のほうに歩いていった。(174)

ここで注目したいのは、「馬車のほうに歩いていった」のはチャリティ本人であって、決してロイヤルが彼女を追いかけ、捕まえたのではない、ということである。そして、彼女がもし本当にロイヤル氏を拒絶したいのであれば、「彼が通り過ぎるまで岩棚の下にうずくまって」いることもできたことを我々読者は知らされている。チャリティが自分の意思で三度ロイヤル氏との結婚を回避する可能性を断ち切っているとするならば、前述の批評家たちが主張する、「父」の権力に屈して結婚を余儀なくされる犠牲者としての「娘」というチャリティのとらえ方にはやはり無理があるといわざるを得ない。結婚を望んでいたのは、ロイヤル氏だけではなく、ひょっとするとチャリティ自身ではないのだろうか。(2)

本章では、この問題を詳細に検討すべく、父と娘の関係を男／女、支配／被支配という単純な二項対立で割り切れるものではないという前提で、チャリティとロイヤル氏の関係を再度読み解いていくことを試みる。「父と娘の関係」といえば、精神分析的テーマとしてサンドラ・ギルバートがその論の中で『夏』も含めて分析したものが存在するが、本論では、心理的な父と娘の性的関係というよりはもう少し現実的な日々の暮らしにおける便宜的側面における父娘の関係を重視し、そのことから小説内での二人の結婚を誰よりも望んでいたのは実はロイヤル氏ではなくチャリティ本人であったことをテクストの分析を通して導き出す。[3] そのためにまず、本章の第一節では、なぜチャリティがロイヤル氏と共に暮らすことを望むのか、そのメリットを詳細に検討していく。理由はいくつか考えられるが、特にチャリティの金銭的状況と社会的立場に関して詳しい説明が必要であろう。孤児としてその出自の曖昧性が社会生活を送る上でチャリティの不安を呼び起こしているとするならば、彼女はロイヤル家の屋根の下に暮らすことで経済的保証を手にすることができている。また、自身の名前をチャリティ・ロイヤルと名乗ることで、社会生活を営む上で自身の所属を明らかにできるという安心感が得られるのである。第二節において検討されるのは、チャリティがロイヤル氏と結婚する直接のきっかけとなった、彼女の妊娠についてである。一見すると、チャリティの妊娠、そしてそのことがきっかけで後には中絶方法の模索を余儀なくされるというあらすじの運びは、セックスとジェンダー、二つのカテゴリーにおいて「女」と定義される者が男性中心主義の社会において犠牲者となっていると考えるに十分な内容であると思われる。そして、この見解はフェミニズム批評に依拠して『夏』を語る大多数の論で支持されているのであるが、本論においては、チャリティの妊娠はむしろ彼女自身が自分の生存のために望んだことだとして肯定的にとらえていく。ここまでの主張をもう一度整理すると、本論では、チャリティとロイヤル氏の結婚は必ずしも弱者としての女性チャリティに強いられた父娘間における近親相姦の悲劇の結果として定義されるべきものではないという結論を導く。法的には結ばれていても、実際には別人の子供をお腹に宿したチャリティが養父と結婚するのは、彼女が娘としてこの父権制社会で生き残るために自ら選んだ道であるといえるのである。

1　パパ・ロイヤル

前述のアモンズとスキラーンがチャリティを反逆的で自己主張する自由を渇望するヒロインであると定義するとき、この指摘はあながち間違っているわけではない。十七歳で図書館司書としての仕事を獲得することでチャリティは少なくとも「いつでもそうしたいときに出て行けるように」と彼女自身が言うように、経済的自立を確立しようとしている(20)。彼女の言動は勇ましく、志を伴っており、もしかすると「『新しい女性』のもつ独立心と積極性を表している」といえるのかもしれない (Bauer 29)。しかし実際に、チャリティの労働状況やその態度を見てみる限り、彼女が本当に「新しい女性」と呼ぶにふさわしい人物であるとは必ずしも言い切れないことは明らかである。週に二度、一日に三時間から五時間、ノース・ドーマーの小さな図書館の片隅に座っているチャリティは、図書館司書として本来行うべきはずの蔵書管理をしているわけではなく、「夏用のブラウスのすそ飾りをするために」レース編みをしているだけである (7)。ここで支払われる給料は月額八ドルで、それはロイヤル氏から毎月もらうお小遣いの十ドルよりも少ない金額である。確かに、ノース・ドーマーは小さな村であり、仕事を見つけることは難しい。そうであったとしても、この村から「出て行く」ことがその労働の主な目的であるとするならば、稼いだ小金とロイヤル氏からのお小遣いをあわせた貯金を、ハーニーとのデートに着ていく「服をお直しするために」、全額費やしてしまうのはあまりにも早計な行動であるといえよう。チャリティが費やす金は報酬という形で彼女の友人アリー・ホーズに渡るわけだが、アリーは貧乏ではあるが村一番の縫い子として、その裁縫技術で自活している少女である。チャリティとアリー、二人の間でなされる金銭授受は、前者の自立に対する考えと後者の実行力の間にある格差を浮き彫りにする。頼る者が誰もいないアリーが自分の腕一本で食べていかざるをえないのに対して、「頼れる人は誰もいないから」働かなくてはならないという思いはあってもチャリティは実際にロイヤル家の屋根の下で必要なものはすべて与えられている恵まれた環境にあるのだ。経済的自活を求める彼女の意気込みは、実際のところそれほど大きいものではないということがこのことから明らかである。

誰が誰のために何をどれだけ払ったか、金銭授受の流れをテクスト内に追っていくとき、チャリティとロイヤル氏の間において、いつでも貰う立場にあるのはチャリティなのに対し、その「厳密」で「金銭的に強欲な」性格がテクスト内で強調されているにもかかわらず払う立場にあるのがロイヤル氏である (21, 45)。十五歳でロイヤル氏のもとに留まることを決意したチャリティを「喜ばそうとして」、ロイヤル氏は彼女にクリムゾン・ランブラーというツルバラを買ってやる (14)。二年後、彼はチャリティが図書館司書の仕事に就くのを手助けするが、それには彼の「随分な働きかけ」と、チャリティのかわりに家事をする女性を雇う必要があった (23)。小遣いが月額十ドル、ロイヤル氏からチャリティに払われていることは前述の通りであるが、それ以外にも結婚したときに四十ドルを彼は彼女に支払っている。男性から女性に金銭授受が行われるとき、それは前者が後者を私的な所有物として扱っていることの表れと受け取れなくもないが、ロイヤル氏の場合、チャリティに投資した金額に見合うだけの見返りを受け取ることにはいつも失敗している。というのも、小遣い銭の十ドルはハーニーを喜ばせるためにアリーに支払われている。そしてさらに象徴的ともいえるのが、結婚後に彼女が受け取る四十ドルは、ロイヤル氏自身は彼女に「他の女の子たちよりきれいになるために」使って欲しいと願っていた。にもかかわらず、チャリティはそれを、中絶医に質入していたハーニーからの贈り物であるブローチを取り返すために使っている(186–8)。チャリティの記憶の中で常に鮮明な輝きを放つ若者ハーニーの残像のために、ロイヤル氏はいつでも、まるでチャリティ精神旺盛な紳士が空になった募金箱が戻ってくるのを待つごとく、チャリティに金をつぎこむのである。言い換えるなら、チャリティはロイヤル氏にとって純粋な慈善の象徴であり続けるのだ。

金銭面だけでなく、親族のつながりという社会的な面においても、チャリティにとってロイヤル氏は自身の社会におけるアイデンティティを確立するために必要不可欠な人物である。物語の設定では、チャリティは近隣の山間で、娼婦の母と犯罪者の父の間に生まれたことになっている。生みの父親の名前がはっきりしないこともあり、チャリティは生まれながらに名前のない私生児であった。そしてこの名前の欠如のために、彼女は五歳で弁護士のロイヤル氏に連れられて山を降りたときに、「チャリティ」という名前がはじめて与えられ、文明化された社会にその存在を知らしめることになった。しかし、彼女には姓は与えられなかった。テクストには次のように記されている。「[ロイヤル氏]は彼女と法的に養子縁組したわけではなかった。にもかかわらず、人々は彼女のことをチャリティ・ロイヤルと呼んでいた」(14)。この短い文の中で示されているチャリティの身分の不安定性は明らかである。法的に彼女は父親を持たず、ゆえに姓を持たない。とはいえ、日常生活を営む上で彼女が自分の姓を「ロイヤル」と名乗ることに誰も異存はない。彼女はノース・ドーマーでロイヤル氏と暮らす限り、「チャリティ・ロイヤル」と人から呼んでもらえるのである。仮に彼女がロイヤル氏のもとを去るならば、それは象徴的レベルにおいて彼女が姓と名の両方を同時に失うことを意味するだろう。彼女の名前はロイヤル氏がつけたものであり、彼女はそれをもってのみ自分のアイデンティティを確立している。そして、姓にいたっては、名付け親との同居によってそう呼ばれることが可能なのだ。チャリティ・ロイヤルはチャリティ・ロイヤルと呼ばれるから「チャリティ・ロイヤル」になれるという、一種のトートロジーがここで成り立っているのである。

自己を確立するにあたってチャリティがどれだけその名前にこだわっているか、というのを確認するために、彼女と、山の部族で彼女と血縁関係があるとされているハイアット家の人間とのやり取りの一部をここで挙げてみる。

「ロイヤルのところにいる子だよね、あんたは?」

チャリティの顔が赤くなった。

「私の名前はチャリティ・ロイヤルよ。」

そのことがもっとも問題になりそうな場所において、この名前に対する自身の権利を主張するかのごとく、彼女はそう言ったのだった。(54)

ロビン・フォックスが言うように、「文化人類学者は往々にして『父親』もしくは扶養者としての父と、『実父』もしくは血を分けた父を別々に扱いたがる」のであれば、チャリティのここでの発言も重要視されなくてはならないだろう(34)。自身の出自が問題になっている決定的瞬間に「この名前に対する自身の権利を主張する」ことは、ロイヤル氏を「実父」ではないにしても法的な「父親」として自らすすんで任命し、そうすることで所属する血族から自分を区別しようとする意図の表れである。言明することで自らの父を生み出さんとするチャリティの行為は、ウォルター・ベン・マイケルズの『夏』論を思い出させる。この論においてマイケルズは、チャリティと『足長おじさん』のヒロイン、ジルーシャ・アボットを比較し、両者がともに名前を持たずに生まれていること、そしてそのことを逆に利用して父親を自ら任命して生み出し、最終的にはその父親と結婚まで果たしてしまうという点において共通していることを指摘する。ジルーシャが見知らぬ慈善家を「ダディー」に仕立て上げたように、チャリティもまた、「私はチャリティ・ロイヤルよ」と明言することでロイヤル氏を自分の「ダディー」にしているのである。

　ロイヤル氏を父親として必要とするチャリティの心情は、逆説めいてはいるが、彼女がロイヤル氏との結婚という考えに対してひどい嫌悪感を示していたという事実からも説明が可能である。ロイヤル氏は法的にチャリティと養子縁組していたわけではなく、またもともと二人には血縁関係がないため、実のところ、二人の結婚は少なくとも合法的ではある。そして二人が結婚することでチャリティにこれまでなかった姓として「ロイヤル」の名がこれも合法的につくことになり、彼女にとって社会生活を営む上での安定は保証されることになる。そして実際、ロイヤル氏は二度、チャリティに対してプロポーズしているのである。しかしチャリティはそのプロポーズを鼻であしらい、拒絶する。それはどういう心境によるものなのか。

テクストを読み進めていくと、チャリティは必ずしもロイヤル氏に対して反発心や嫌悪感といった否定的な感情のみを抱いていたわけではなく、憧憬の感情も同時に持ち合わせていたことが明らかとなる。例えば、ネトルトンの寄宿学校に行かないことを決めてロイヤル氏のもとに帰ってきたとき、彼女は「男性として堂々とした体格に見える」彼を心から賞賛している(16)。彼との口喧嘩の最中であっても、彼の顔は「物静かでほとんど優しいといっていい」ものとして、「昔、ロイヤル夫人が亡くなる前、まだチャリティがほんの子供だった頃に時々目にした」ことを彼女は思い出している(73)。また、「懐かしい故郷」集会の際には、彼女はロイヤル氏の表情に「子供の頃、彼女に畏敬を与え魅力を感じさせた威厳の面持ち」を見たりもする(124)。これらの例が示しているのは、チャリティがロイヤル氏に好印象を抱くにあたって、まだ彼女自身が思春期を迎える前に彼の姿にみていた父親らしい様相が不可欠であるということである。これとは対照的に、酔っ払ったロイヤル氏がかつては妻の部屋だったチャリティの寝室に性的関係を強要して入ろうとすれば、チャリティは「恐れはしない」が「強い嫌悪感」を示して冷静に言う。「勘違いしているのではないかしら。ここはもう奥さんの部屋ではないのよ」(18)。この部屋がもはやロイヤル夫人のものではないと彼に言うことは、娘は母の役目を引き受けられない、二人は取り替えられるものではないと言うことに等しい。チャリティの「強い嫌悪感」は、彼らが犯しかけている近親相姦のタブーに由来するところと解釈することができるだろう。チャリティとジルーシャが異なるのは、前者が養父との性的関係に嫌悪感を抱いている点である。「父を愛するなら、その父と結婚するのだ」とマイケルズはロイヤル氏とチャリティの関係をこのように締めくくる(525)。だがチャリティは恋した相手が自分の（養）父であったというハッピー（？）・エンディングが用意されているジルーシャとは明らかに異なり、自分の（養）父を男性として「愛」してはいない。マイケルズの論はその意外な取り合わせが興味深い内容となっているが、厳密にはチャリティとジルーシャそれぞれの「ダディ」は決して彼女たちにとって同じ立ち位置にいるわけではないのである。ジルーシャが自分で指名した父親を今度は夫に仕立て直すというのなら、チャリティは父親と結婚することで、実は彼を永遠の父親として維持することに成功しているといえる。

2　チャリティの妊娠

自身の父を創設しそして維持しようとするチャリティのきわめて特異な状況を説明するにあたっては、これまで、チャリティはロイヤル氏と結婚することでノース・ドーマーに永遠にとめおかれる運命にあった、というような否定的な解釈がなされてきたことを再考しなおす必要がある。従来のフェミニズム批評では、チャリティはその自由への飛躍を断念し、ノース・ドーマーに残る羽目になってしまった、という解釈が一般的だった。しかしながらここで問われるべきなのは、チャリティの子供じみた欲望ではなく、父親の庇護下から外れなくてはいけない年頃の娘として成長した今、どうやってロイヤル氏を父親として維持できるかという、もっと差し迫った現実問題である。シンシア・グリフィン・ウルフが指摘しているように、この物語はチャリティが家の玄関を出てくるシーンで始まる。そしてこの敷居をまたぐ情景は、象徴的にチャリティが「他の人間の挿入を喜びと恐れをもって受け入れる」、性的に一人前の女性になろうとしていることを示している（286）。それは言葉を変えて説明するなら、彼女が一方で父親とその姓を自分を庇護してくれるものとして維持しておきたいと思いながらも、他方ではセックスの「喜びと恐れ」を、出来ることなら合法的な結婚の名のもとに経験するべきときがきているということを表してもいる。[4] 彼女自身が孤児であり、ロイヤル氏を父親としてその庇護を合法的に要求する立場にないことは前節で検証済みであることを考慮すれば、チャリティの置かれた現在の状況は袋小路以外の何物でもなく、現状を打破するために彼女ができることといえば、それはロイヤル氏の娘として通用するこの狭いノース・ドーマー内で、誰か適当な男性と結婚することくらいである。そしてこの選択肢に関して、テクストでは次のように説明している。

もし彼女が村の若者の誰かが彼女に抱いた関心をそのまま受け入れていたのであれば、彼女はそれほどまでに気遣うこともなかったであろう。ロイヤル氏は彼女がそうしたいと望んでいるものをとめたりすることはできなかったはずだ。しかし「町の人と付き合う」ということになればそれは少し違った話で、そうすんなり了承されるものではなかった。どこの村でもこの危険をともなう冒険による犠牲者を出していたのだ。(40)

「村の若者」は同じ部族内の兄弟にあたるとでも考えたらよいだろうか。そういう人物との結婚は同族婚として位置づけられ、チャリティを含む村の年頃の娘たちにとって比較的安全な解決方法といえるかもしれない。ロイヤル氏の承諾も得やすく、そうなれば、チャリティは同じ村にとどまることで父親としての彼を維持することもたやすい。しかしながら、「はげしいプライド」と「より華々しい運命」にあこがれる彼女の性格のために、チャリティは「村内での恋愛からは離れて」いることをよしとする。具体的には、「ベン・フライやソラス家の息子たちのうちの一人のために髪をカールさせたり帽子に新しいリボンをつけているところなどを想像したとたん、恋愛への熱は一気に冷めて、彼女はそういうことに無関心になってしまうのだった」(39)。結局のところ、チャリティにとって「兄弟」には恋人のかわりはつとまらず、いかに「危険をともなう」ものであったとしても理想の男性を自分の所属する世界の外側に見出してしまうのである。彼女は最初、ヘップバーンからやってきた牧師のマイルズ氏と結婚することを夢見る。そしてその次に現れたのがニューヨークからやってきたルシアス・ハーニーで、チャリティは彼と性的関係をもち、その結果、妊娠することになるのである。[5]

バーバラ・ホワイトによれば、「誘惑小説において非合法的セックスは必然的に女性側の妊娠という事態に発展する」ということであるが、チャリティの場合もまさにそう言えるかもしれない(232)。とはいえ、非合法的セックスの結末としての妊娠を被害者である女性の肉体に課せられた悲劇であると常套的な表現で片付ける前に、ここではチャリティ自身が負わなくてはならないであろう責任についても考慮するべきであろうと思われる。『夏』において、誘惑された女性を待ち受ける一般的な危険性についての言及は前もってなされており、チャリティ自身もこのわなに「ひっかかる」前に、予め性に対する十分な知識をもっていたことは明らかである。十五歳にして、チャリティは前述の未婚老女ミス・ハッチャードとの性的な言及がわずかになされた会話において、

「髪の付け根まで赤くなって」狼狽する後者を尻目に冷静沈着を通している(16)。また、チャリティは十七歳のときアリーの姉ジュリアが町の医者マークル女医のもとを中絶のために訪れたことを聞かされる(68)。そして実際、チャリティ自身もこの医院をハーニーとのデートの最中に町で見かけることになる。そのときの様子をテクストでは次のように表現している。「この熱気と恍惚な気持ちの高ぶりの最中にあって、彼女は冷たい身震いを感じたのだった」(91)。「冷たい身震いを感じる」のは、この時点でチャリティが既にハーニーとの性的関係が幸せな結婚という形に終着しないことを予見しているからに他ならない。ハーニーの傍らには美しい女性アナベル・バルシュがいて、この人物は後に彼の婚約者であることが判明する。チャリティの傍らにもロイヤル氏が存在し、彼のもとを去るために犠牲にしなくてはいけないものは多い。チャリティがこういった危険性に関して気づいているのであれば、なぜ彼女はハーニーとの一過性の恋愛関係を受け入れ、その後、ロイヤル氏との結婚にのぞむのだろうかという、単純な疑問が生じるのである。

この疑問に対する答えを見出すために、ここで検討されるべきなのはチャリティの妊娠である。彼女の妊娠は、結果として、通常では考えられない不可能な男女関係――すなわち父と娘による性的関係を必要としない結婚――というものを可能にする唯一の手段となっている。『夏』においてヒロインの妊娠は、ホワイトが言うように「非合法的な男女間のセックス」の結果としてもたらされた負の遺産というだけでなく、実のところチャリティがこれまで抜け出せなかった中途半端な状況から逃れるための突破口にもなっていることは明らかである。チャリティが仮に妊娠しなかったとしたらどうだろうか。ハーニーとの関係はどこにでもある少女の一夏の感傷的なラブ・ロマンスとして片付けられ、彼女はロイヤル氏と結婚することもなく（その必要性や正当性はもはやない）、だからといって彼のもとを去ることもできない。つまり、状況は物語が始まったときと同じままである。完全に計画されたものではないとしてもチャリティの妊娠とその後の結婚は、彼女のおかれた状況を最大限に利用して採択しうる一番の選択肢であったと考えられる。少なくとも、そうすることで彼女がこれまで持てずにいたもの――ロイヤル氏との法的なつながり――は確保されることになる。

ウォートン研究家は『夏』をしばしば近親相姦小説、もしくは近親相姦がほのめかされる物語と定義してきた。[6] グロリア・アーリクはこのことに関連して「チャリティはひょっとすると（ロイヤル氏の）娘であるかもしれない」という。というのも、ロイヤル氏自身、売春婦の集団と性的関係を持っており、チャリティの生みの母親もかつてはその集団に所属していたことがあるのだ。そしてそのことから

ウォートンはたくみに、養父が実父であることをほのめかしている。この曖昧性を導入することで、彼女は近親相姦の問題を、養子縁組という小道具で薄めながらはぐらかす一方で、実際

にはさらに読者の興味をそそる真の意味での近親相姦の可能性を読者に考えてもらうことに成功している。(128–130)

確かに、アーリクの分析はチャリティとロイヤル氏のありうる関係の一つを提示してはいる。しかし「近親相姦」という言葉の意味を考えるとき、アーリクは必ずしもこの言葉をそのもともとの正しい定義の意味で使用しているかどうか、疑問が残る。ＯＥＤによれば、近親相姦とは「結婚が禁じられている範囲内の親族間において性的関係があるか、または同棲をしているという犯罪」であるとしている。つまり、近親相姦とは、当事者間において肉体関係があるか、または、その可能性が十分に推測可能な状態であるか、という状態をさすのであり、それは両者が社会生活を営む上で婚姻関係を結んでいるということでは必ずしもないのである。このことは、フォックスもまた近親相姦についての考察で明確にしている。フォックスは、近親相姦を異族結婚と区別し、前者を「性的関係に付随するもの」である一方、後者を「婚姻関係に付随するもの」というように定義している (55)。彼の近親相姦の定義をチャリティのケースにあてはめてみれば、ロイヤル氏との結婚は必ずしも二人の間の性的関係を示唆するものではないことになる。もちろん、フォックス自身も言うように、「二人の男女が性的関係を禁止されたならば、両者の間の結婚の可能性はむしろなくなってしまう」かもしれない (55)。この意味において、ロイヤル氏と結婚することでチャリティは彼に性的関係を許容しているととることができる。ただし、ここで見過ごしてはならないことは、チャリティの場合、彼女の妊娠という身体の状態が、実質上、ロイヤル氏との近親相姦の関係を完全否定する役割を果たしているという点である。というのも、二人の関係が本当に血のつながった親子であってもなくても、別の男性との間の子供を身ごもっているということ自体が、ロイヤル氏の性的介入を阻止する役割を果たしているからである。

結婚式後の初めての夜、チャリティはロイヤル氏がチャリティの寝ているベッドと離れたところにある椅子に身を沈めているのに気がつく（185）。そのことに安堵してチャリティは初めて認識する。「それでは、彼は知っていたのだ。知っていたから結婚してくれたのだ。だから、暗闇の中でそこに座り、彼と一緒にいたら安全でいられることを示そうとしているのだ」（185–6）。父親として、ロイヤル氏はもちろん自分の「娘」が妊娠していることを知っていた。そして、だからこそ、「彼といれば安心」という最大限の「チャリティ」精神を発揮して自分の「娘」と結婚したのだ。そしてこの「安心」の上に、チャリティ・ロイヤルはロイヤル家における安定した暮らしを保証されているのである。その上、チャリティは、ロイヤル氏が提供するお金で一度は決意してその戸をたたいた中絶医のマークル女医の質に入ったハーニーのブローチを取り戻す。診察料金が払えず、チャリティはブローチを彼女に渡すしかなかった。しかし、ロイヤル氏の金でこのブローチを取り戻したことで、これから彼女が産もうとする子供と、「その名前がわからない父親との間の絆」は証明されることになる。娘の「セクシュアリティ」ではなく「セイフティ」こそがその結婚の土台にあるとするならば、チャリティとロイヤル氏の結婚は、厳密な意味で父と娘の近親相姦とは異なる解釈をされなくてはならないだろう。

ウォートンの作品における父娘の近親相姦を扱ったものとしてよく例に挙げられるのが、「ビアトリス・パルマート」という、彼女が残した未完成の短編である。簡単な筋書きとウォートンの作風からはおよそ想像もできないようなポルノグラフィックな一部下書きを含んだ未発表の遺作は、彼女自身、「名の通った出版社がこれを出版してはくれないだろう」という自覚があったという(Lewis, 544)。父と娘の近親相姦関係というカテゴリーで、『夏』との関連を指摘する批評家も多いが、彼らは完全に、チャリティがビアトリスとは異なり、少なくとも小説内においてロイヤル氏と性的関係を持つことはない、という事実を忘れてしまっている。スーザン・グッドマンが言うように「ロイヤル氏との（結婚）は、法に基づいた家庭生活における世間の慣習にかなった範囲内での力と守備を提供する一方、無意識的な近親相姦の夢も成就させている」ということは言えるのかもしれない(81)。しかし、チャリティ自身が「無意識的な近親相姦の夢」を持っているかどうかは別としても、そのことはそもそもこの場合、まったく問題ではない。ここで問題にされるべきなのは彼女の性的関係の明確な証拠となる、彼女の胎内に宿る子供の生物学上の父親が誰かということであり、そのことに関して、少なくともロイヤル氏は無関係である。

性的関係がないというチャリティとロイヤル氏の関係について、ここでまた別の視点からの説明を試みたい。小説のクライマックスシーンとして位置づけられる、チャリティが生みの母親であるメアリー・ハイアットと同化する葬式の場面である。これは、チャリティがロイヤル氏と結婚する直前、そしてメアリーが息を引き取った直後に起こる。このタイミングは本書の序章で言及している「Daughteronomy（ドータロノミー）」の法、すなわち「母を埋葬し、父に身を捧げよ」が実際に行われているという意味で興味深い。もしくは、チャリティは母の埋葬後、父と結婚までしてしまうという意味において、ただ「母を埋葬し、父に身を捧げ」る他の娘たちより一歩先を行っているともいえる。「彼女の死んだ母親が横たわっていたマットレスの上に自分も横たわりながら」、チャリティは先程自分が他の者と一緒に埋葬した母親の過去に自分の現在の状況を重ね合わせる。

> その場所に横たわって、この儀式に加わったことの悲劇に半分打ちのめされながら、チャリティは母を取り巻いていた生活に自分自身を置き換えて考えようといたずらに努めていた。（中略）このような生活から子供を救ってやりたいと思わない母親がいるだろうか。そう思うと、涙がこみ上げてきて目の奥が痛み、彼女のほほを伝った。(170)

メアリー／チャリティ／ベビーという親子三世代がチャリティの思考の中で形成され、彼女の身体をもってそれが実現されたこの時点において、チャリティは先祖である母とも、子孫である子供とも同時に同化することができている。そしてここで再度、ロイヤル氏との近親相姦関係を否定するために、この三世代の身体の同化を考慮しなくてはならないだろう。というのも、仮にチャリティがメアリであるとするならば、前者の現在おかれた状況というのは後者がかつてロイヤル氏に自分の娘のチャリティを託したときとまったく同じなのである。十二年前に彼に託された子供、チャリティは、今母親となり、再び彼に自身の子供を託そうとしている。彼に託された子供は、実父不在の状態ではあるが法的な父親として再びロイヤル氏を父として持つことになる。そしてチャリティ自身に関して言うならば、彼女にとって妊娠することは字義通り自己の再生産、リプロダクションに他ならない。そうすることによってのみ、彼女はロイヤル氏の娘として、そしてまた同時に子供の母親としてその代替可能な役割を維持することができ、よって、父親との近親相姦を避けることができるのである。この意味において、『夏』は貧しい少女が体験するある夏の恋物語とその悲劇、といった単純な枠組みでは決して片付けることができない複雑な物語を展開しているといえる。ハーニーがいかに魅力的な相手役として申し分なかったとしても、彼の小説内で実際に割り当てられる役割はせいぜい「種馬」のレベルである。その点、ロイヤル氏は、壮年期を過ぎてなお、自身の名前をつけることのできる子供に恵まれた「父親」としての厳然たる地位を確保している。時には、非力な孤児をいたぶる悪漢であるかのように評されるロイヤル氏であるが、彼はチャリティにとって間違いなく重要な人物であり、また、チャリティの妊娠の意味を読み解こうとする我々小説の読者にとっても重要な人物といえる。チャリティの妊娠は彼女が子供と父親の両方を、母親になることで維持できるという意味で逆説的に不可欠なものなのである。

『イーディス・ウォートンのすばらしい新政治学』を著したデイル・バウワーは、その中で『夏』の新しい読みを試みている。彼女はチャリティの妊娠がプロットとして挿入されていることに特に着目し、これを、当時流行していた優生学に対するウォートンの批判であると考えている。[7] バウワーは小説そのものより、小説の描かれ方にみる著者としてのウォートンの思想をより詳細に分析しているが、それでも、チャリティの妊娠を、性的に受動的にならざるをえない弱者としての女性の典型的な被害例というような見方をせず、人生を切り開いていくための彼女の積極的な選択として見なしている点が本論と共通しているところである。バウワーの論で特に注目すべきなのは、物語の様々な場面において「性行為において主導権をもっているのはチャリティである」という主張で、例えばこれはハーニーと性的関係をもつことを決めるときや、子供を産むと決めたときなどに顕著であるとしている (43)。そして、男女の性的関係において主導権を握るのがチャリティであるならば、彼女の主導権は相手の男性を単なる精子提供者にまで貶め、父に結婚を迫るだけの力をもったものであるといえる。確かに、母を埋葬し父に嫁がなくてはならない娘の物語がハッピー・エンディングであるとは言い難い。だがこのエンディングはそれほど悲惨なものでもない。結婚式の後、チャリティはハーニーに短い手紙を書いている。「私はロイヤル氏と結婚しました。あなたのことはこれからもずっと忘れません。チャリティより」(189)。父親と結婚しながらも恋人のことは忘れない。そしてチャリティはおそらくこの後、父親の家で恋人の子供を育てる母親になる。それはチャリティのような社会的弱者である女性が身につけた処世術であろう。アンディーン・スプラッグが本能的に嗅ぎ取っているように、チャリティもまた、この男性支配の社会において生き抜くために、自分が武器として持つべきなのは恋人ではなく父親であるということを見抜いている。女性が取るべき選択肢が予め限られているような社会において、チャリティは少なくとも持つべきものは手に入れたといわねばならない。

注

（1）チャリティの大胆な行動について、それを、結婚制度と無関係に彼女が謳歌している性的自立や情熱であるというのは（アモンズやスキラーンが主張していることである）あまりにも単純な見解であるといわねばならない。本章の最初の部分で指摘していることであるが、その見解では、チャリティの自立性がノース・ドーマー内でのみ有効であることを説明できない。確かにチャリティは自身の性に関して積極的に行動してはいる。しかし、本当に彼女が「勇敢」で「強い」のであれば、例えば彼女が本来欲していたはずのハーニーをなぜ簡単にあきらめたのか、明確ではない。ハーニーに対する積極的な働きかけは、妊娠発覚後の彼女の消極的なあきらめとあまりにも対照的である。

（2）アモンズとスキラーンがチャリティの結婚を悲劇ととらえているのに対し、これをハッピー・エンディングととらえている批評家も存在している。『夏』を少女の成長物語と位置づけるシンシア・グリフィン・ウルフはチャリティの結婚を楽観的に解釈している。彼女の見解は多くの支持者を得た一方で、今日ではそれがあまりにも楽観的で一面的だという批判もある。様々な『夏』の解釈がある中で、本論に一番近い見方を提示していると思われるのはスーザン・グッドマンである。彼女はロイヤル氏との結婚がチャリティにもたらす実際的なメリットを強調する。「チャリティは自分が誰とつながっていられるかということを恋愛感情よりよほど重要視している。そしてこのために、彼女の結婚はロマンスよりも彼女が価値を見出しまた必要としているものを提供してくれているのだ」(83)。

（3）神話学、おとぎ話、そしてフロイトの精神分析を援用しながら、ギルバートはチャリティの結婚に行き着くまでの過程を分析している。当然ながらチャリティが父親と結婚することに関してのギルバートの見解は批判的なものである。

（4）チャリティの結婚願望はテクスト中に何度か描写されている。チャリティはマイルズ氏に似た人と結婚している自分という想像にふけっている(60)。また、ハーニーが街中をドライブするのに十ドルも払うのをみて、それだけのお金があれば「彼女に婚約指輪を買ってくれることもできるのに」と思っている(93)。

（5）マイケルズによれば、ルシアス・ハーニーはチャリティの親戚で彼女の兄弟かもしれないリフ・ハイアットと同じイニシャルの名前であることから、「チャリティ、ハーニー、そしてロイヤル氏の関係」は同族婚の様相を呈し、「チャリティは兄と寝て、父に嫁ぐ」という解釈を提示している(519)。しかし、チャリティのその後の妊娠は同族婚を避けるために異族結婚を自ら試みているという解釈も可能で、その場合、ロイヤル氏とハーニーは、一方がノース・ドーマー内の身内(ハイアットも含む)、そして他方が外部からの男性、と所属を異にすることになる。

(6)バウワー以外のウォートンの批評家はほとんどが父娘による近親相姦のテーマを『夏』にみている。

(7)チャリティはマークル女医のクリニックで中絶手術を受けることを一度は希望する。バウワーの論文はこの部分を取り上げ、ウォートンが優生学に関して当時批判的だったことと結び付けている。

第四章

天使と娼婦の二面性
——ドライサーの『ジェニー・ゲアハート』

西洋文学の物語において描かれる女性の型は明確であったり曖昧であったりその程度は様々であるものの、二極分化しているといえる（中略）。女神／悪魔、処女／娼婦、聖女／罪女、家庭の天使／堕落した女、献身的母親／貪欲的母親など。しかしその女性が、テクスト中に父親の明らかな存在によってその立場が保証された「娘」である場合、彼女の描写は二極分化されることはない。(Zwinger 4)

『シスター・キャリー』出版後の酷評を経て、女性描写をめぐるドライサーの筆致は大人しいものになり、次作品である『ジェニー・ゲアハート』ではキャリーに比べてよほど保守的で「良い」ヒロインを描いた、というのがドライサー批評家たちのある程度まとまった見解であるといえる。とはいえ、ドライサーと同時代に生きた批評家にしてみれば、キャリー、ジェニー、両者ともに道徳観の欠ける「堕落した女」として定義されるだろう。両者はともに貧困層出身で、生きていくためには働く必要があった。また、性的魅力を十分に備え、金持ち男性の気を引いて、処女性の喪失と引き換えに経済的な援助を得る生き方を選択している。両ヒロインの多々ある類似点にもかかわらず、『シスター・キャリー』と『ジェニー・ゲアハート』、その両方の作品の書評を手繰っていけば、キャリーが辛らつな批評にさらされる一方でジェニーの堕落は外的な要因によるものということで大目に見られてきたような風潮が感じられる。ドライサー作品の初期の批評家であるチャールズ・ウォルコットは「ジェニーの善良さは彼女が幸福になる機会を壊す社会よりずっと高く評価されている」としている(256)。ジェニーの「無私で理想的な」性格を強調しながら、リチャード・リーハンはキャリーとジェニーを次のように比較している。

> キャリーとジェニーはアメリカ文化に内在する様々な価値観を体現している。ジェニーは愛する者、すなわち、自分の手の届かないところにいる者のために自身を犠牲にする。しかしそのやり方はキャリーには馬鹿げていると映るであろう。(85, 87)

仮にジェニーの性格が彼女の「善良さ」や「犠牲」によって特徴付けられるとするならば、それは一九一一年のハーパーズ社から出た初版に基づいたテクストに言及していることと大いに関係があるといえる。この版は、ドライサーの執筆後、当時の文学市場のニーズを満たすのに適した内容に編集される過程で、大幅な削除と修正が行われたことで知られている。しかし近年になって、ペンシルベニア版の『ジェニー・ゲアハート』が刊行されると、現代の読者の前には、ハーパーズ版では抑えられていたドライサーのもともと意図したものにより近いジェニー像が現れることになった。この新版の編者であるトーマス・P・リッジオによれば、こちらの版におけるジェニーの描写について、「女性としての力強さはより明確で、弱々しい感傷的なヒロインという印象は薄まっている」とした(8)。ペンシルバニア版の刊行後、批評家たちの中でもとりわけ女性の研究者が、フェミニズム批評の視点からこの小説を読み出したことは驚くに値しない。そして、この新たなジェニー像へのアプローチによって、ヒロインとしてのジェニーのもつ特異性がより際立ってきたといえるだろう。ジェニーはもはやトマス・ハーディ描くテスやナサニエル・ホーソーン描くヘスターの二番煎じといった一面的な見方から抜け出し、母や妻、娘、そして働く女性として、可能な限りの役割のすべてを演じきるアクティブな女性として再考されるべき人物として注目されている。例えばナンシー・バリノーは、小説内で描かれるジェニーの状況を十九世紀アメリカ合衆国の労働者階級の女性が実際におかれていた状態と比較し、次のように述べる。

『ジェニー・ゲアハート』は実際、この先行作品に比べてよほどラディカルな内容である。特に十九世紀末の労働者階級の女性が生きていくためにどのような手段に頼ったのか、その部分の扱いに関してそれは顕著である。(Barrineau 1995a, 127)

また別のところで、バリノーはヒロインのセクシュアリティに関しても、「『シスター・キャリー』においてほとんど言及されることのなかった領域として（中略）ヒロインの最初の性的体験の顛末を書いている」ことから、この小説は当時としてはかなりの斬新性を兼ね備えていたと主張している (Barrineau 1995b, 57)。

『ジェニー・ゲアハート』に関する初期の頃の批評と現在のジェンダー批評の両方を見るとき、両者がまったく相反するものであることは明らかである。古風な批評はジェニーの従順で保守的な性格を強調し、多少の無理はあるものの、彼女を十九世紀の良き女性の代表ともいえる「家庭の天使」として強引に位置づけようとしている。対照的に、現代のジェンダー批評では、新版に基づいて、ジェニーの労働意欲や性的に奔放な態度から彼女をより大胆で行動的な「新しい女性」に見立てようとする。もちろん、両者の相違は、参照テクストがそれぞれ異なっていることに大きな理由が見出せよう。しかし、小説のあらすじそのものを考えたとき、例えば旧版でも、ジェニーの一見大胆で当時の道徳律に反する結婚制度外における性的体験を扱っていないわけではない。いいかえるなら、ジェニーの大胆な性格というのは、初版でも描かれてはいたのだが、ペンシルバニア版が出たことでその度合いがより強くなったといえるだけかもしれない。『ジェニー・ゲアハート』のヒロインの性格分析をめぐる両者のまったく異なる見解を前にして、ここで考慮されるべきなのは、そのどちらを支持するかということではなく、むしろ、これをジェニーのもつ性格の二面性として受け入れ、テクスト内においてこれがどのように描写されているのか、さらに分析を進めることであると思われる。本章においては、ジェニーを、男性に囲われ、献身的で受身な家庭的女性と、自らの労働で生活費を稼ぎ、子供も育てる行動的女性との間に位置づけ、彼女がどのように一方から他方へシフトを繰り返すかを検証する。

『ジェニー・ゲアハート』をヒロインの女性性に関して読み解いていくと、傾向として、彼女の性は周囲の男性に利用され搾取される弱いものであると解釈することが可能である。[1] キャシー・フリデリクソンはこのことに関し、「ジェニーの中にある（中略）女性としての欲望は白人男性が支配する資本主義経済にとって都合がよいように、消されてしまっている」(17) としている。また、マーガレット・ヴァセイは、「ジェニーの消極性と彼女の将来についての未解決な曖昧性こそが女性としての彼女の力不足を示唆している」(29) と論じている。男性・女性、支配・被支配という二項対立の枠組において、女性であるジェニーの弱い立場というのはいまさら強調するまでもないところであるがゆえに、フリデリクソンやヴァセイの主張には斬新性がともなわない。まして、前述のバリノーのように小説『ジェニー・ゲアハート』に時代を先取りするようなラディカルな側面があるとすれば、それはジェニーの行動的な性格の一面としてあらわれる男性との性関係にも顕著である。

本論では、ジェニーの物語を受身で被害者のそれとしてはとらえず、むしろ、前向きに、女性として与えられた環境を最大限に生かし、多彩な役割を果たすその柔軟性と適応力に関して焦点をあてて考察する。

1 性と家族

キャリーとジェニーは、自身のセクシュアリティを利用することで世の中を渡っていこうと試みる点で確かに類似している。しかし、両者の決定的な違いは、著者がこの二人に用意した性的体験の結末である。二人の男性とそれぞれ同棲生活を続けているキャリーが妊娠することもなく、またその可能性さえ言及されずにあらすじが進んでいったのに対し、ジェニーは物語の初期の時点で妊娠し、未婚の母となる。そして彼女の妊娠と出産はその後の彼女の人生を大きくかえることになるのである。ジェニーの妊娠は、彼女の道徳的堕落に対する逃れられない罰であるという解釈が可能である。明らかに、彼女がこのことで悩み苦しみ、そして実際に世間の冷たい仕打ちに耐えていかなくてはならないからこそ、旧来の批評家たちは彼女の行き方をある意味大目に見ることができたといえる。ジェニーの望まない妊娠とそれに続くヴェスタ出産は、しかしながらそれほど悲劇的な様相ばかりを呈してはいない。『夏』におけるチャリティ・ロイヤルがそうであったように、『ジェニー・ゲアハート』においてヒロインが娘から母になるという変化は小説の核になる部分といえるほど重要である。どれほど悲劇的であったとしても、ジェニーが妊娠しないかぎり、彼女の存在にヒロインとしてのドラマ性は生まれない。子供が生まれるからこそ、彼女が関係する多くの人々にとって、彼女はあるときは良き娘として、あるときは良き妻、母、そして姉として、女性に与えられうる限りの役回りを演じることになるのである。ある意味、ジェニーの妊娠こそがこの小説の中核にあるといってよいかもしれない。

ヒロインと生家との密接なつながりもまた、キャリーとジェニーで大きく異なる点であるといえる。『シスター・キャリー』はその点で完全に従来の慣習的な物語のディスコースに則って、父親の庇護が確保された家から出た直後の未婚女性が見知らぬ男性に誘惑されることで物語が始まっている。一方、ジェニーには、家族との決定的な別れというものは物語の終盤になるまでおとずれない。それどころか、彼女の暮らしは常にゲアハート家と密接に関わっている。そしてこの実家との強い絆のために、ジェニーは家族内で三役をこなすことになる。すなわち、両親にとってはかけがえのない娘、兄弟にとっては頼れるやさしい姉、そして彼女の娘であるヴェスタにとっては愛情あふれる母、という役回りである。家族との密接な絆は結果としてジェニーの家庭的な性格を前面に打ち出すことになる。それは、物語が始まったときから社会に生きる個人の存在として描かれるキャリーとは対照的である。[2]

ジェニーの最初の性的体験となる年老いたブランダー上院議員との関係は、彼が彼女の家族によくしてくれることに対して彼女が感じた「感謝の気持ち」から始まっている(73)。ブランダーはジェニーの弟を拘置所から引き渡してもらうために十ドルを工面していたのだ。ブランダーがジェニーに正式にプロポーズしたときも、ジェニーにとって魅力的に感じられたことは、彼が彼女個人に提供してくれるものではなく、彼女の家族にしてくれることであった。その決定的な会話は以下のようなものである。

「そういうわけで、考えておいてくれるかな」彼は嬉しそうに言った。

「私は真剣だ。私と結婚してくれるかい？　そして、君を数年間、寄宿学校に入れてやろうと思うのだが。」

「学校に行くのですか？」

「そうだよ、結婚した後にね。」

「わかりました」と彼女は答えた。母のことが頭に浮かんだ。ジェニーは家族を助けてあげられる、と思った。(49)

ブランダー氏と結婚することは彼女自身が玉の輿に乗ることを意味するが、このような決定的瞬間においても、「家族を助ける」という現実的な考えにとりつかれている彼女はあたかも家族のために身売りする女性を彷彿させる。しかしもちろん、個人的な利益より家族の利を優先するという献身的な彼女の態度は自身の性を売り物にするという娼婦的態度にみられる不道徳な印象を和らげている。また、対するブランダーの目には、「貧しさと美しさは痛ましい取り合わせ」としてうつり、彼の好色性もこうして正当化されるのである(23)。実際、ブランダーはジェニーに対して、「君は天使だ、献身的なシスター(慈善修道女)だ」と言ってから「彼女を自分にひきよせ」、性的関係を結んでいる(73)。その性的堕落の決定的瞬間にでさえジェニーは「(家庭の)天使」であり、奉仕活動に勤しむ貞節な「シスター」と定義され、私利私欲のために堕落した女のレッテルをはられることになるキャリーのような女性とは、少なくとも言葉の上では一線を画しているかのように描かれている。

ジェニーの親族に対する愛情は、彼女が実際に娼婦であることを正当化するかのようにテクスト内で幾度となく強調されている。二人目の男性レスター・ケインの手に落ちるときのジェニーの様子も、ブランダーのときと同様、彼女の家族にからんだ経済的な必要性に迫られた状況とともに説明され、彼女自身の利益や欲求が動機付けとして挙げられることはない。今回、ゲアハート家は一家の大黒柱であるジェニーの父がその両手に大きな傷を負うという危機に見舞われている。泣きじゃくる母を前に、ジェニーはすばやく家族がこの状況から逃れられる最善の方法を考えようとする。そして彼女の頭に浮かぶのが、レスター・ケインの存在である。

今、この男性が申し出ているお金はどうなのか？　そして、彼の愛の告白はどうなのか？　どういうわけか、このことが彼女の脳裏に浮かび上がった。彼の愛情、人柄、彼女を助けようという思い、そして彼の熱意。これらはかつてバスが刑務所にいたときにブランダーが提供してくれたのと同じくらい大きかった。(149)

男性の「申し出ているお金」と「愛の告白」ではお金のほうがまず先である。そして、この二つがそろった時点でジェニーが「家族を助けるために」レスターの求婚を受け入れないわけはない。すぐにゲアハート家は「九部屋ある家」に住み始め、ジェニーは「家族がこの家で居心地よくできることを知って嬉しかった」(175–6)。

貞節な娘としての尊厳が回復不能になるほどに、ジェニーが自分たちのために身売りし、自己犠牲的献身を繰り返すことに対して、ゲアハート一家が寛容でいられるのか、という疑問があったとしてもそれは自然なことであろう。「娘」にこめられた特別な家族の情ということに関しては特にその父親との関係において既に序章や第三章でその詳細を検討している。ここでも、家長であるゲアハート氏のジェニーに対する態度に焦点をあてるべきであろう。表面上、彼の家長としての存在は際立っているかのように見える。実際、彼はジェニーがブランダー氏の死後、彼の子供を妊娠しているということを知り、父として彼女を強く非難する。「この家におまえはいらない。もし街娼になりたいというのなら、なれば良いが、ここに留まることは許さない」(85)。このセリフは伝統的な父権制社会下の家族において過ちを犯した娘についてその父親が言う典型例ともいえる。娘の性が父の家の外において別の男性によって汚されたのであれば、娘は父親のもとを去らなければならないのである。リンダ・ズィンジャーが言うところの、「身を持ち崩した娘はもう娘ではない」(4)という論理である。しかし実際のところ、一家を養うために「パンや肉」を購入するにあたり、その資金源がブランダーから提供されているという事実を前にして、厳格な父親の非難には有効性がまったくみとめられないことになる(24)。さらには、ブランダーの人脈によってゲアハート氏は夜の警備員としての職にありつく(39)。明らかに、ゲアハート氏の父親としての威厳は家族内ですでに無効となっていると言えるだろう。これをもって、「ブランダー氏がファロスを有するのに対し、ゲアハート氏はペニスを有しているにすぎない」と指摘している批評家も存在している(Frederickson 14)。しかしながら興味深いことに、ゲアハート氏のその「ペニス」さえも後にさらなる象徴的去勢を免れない。両手を怪我することで完全に「かたわ」となってしまうと、彼は一家の大黒柱としての地位を完全に放棄せざるを得なくなり、ジェニーのセクシュアリティにその存続を委ねるしかなくなる。つまり、象徴的なレベルでその権威を失うだけでなく、実際的なレベルでも労働力とはなりえないのである。彼の弱点は、自分で何も生産できない、という点にあるといえるだろう。彼の生活信条の拠りどころである宗教でさえも、それは決して何か新たなものを生み出すものではなく、単に彼を「のめりこませる」ものであり、この非生産的態度がゲアハート氏の家族における父権の権威失墜を招いているといえるのである（117）。

父親の実質的権威損失とは対照的に、ゲアハート夫人の影響力は大きい。確かに、表面上、彼女は夫に対して従順で慎み深い妻の役割を演じている。娘の妊娠に激怒した夫が彼女を追い出す決定を下しても、それに対して反対することはしない。しかしゲアハート氏が翌日になって仕事に出かけるとすぐ、夫人はジェニーがひそかに隠れているアパートに使いをやって、ゲアハート氏がいないところで今後の対策を協議する。ジェニーがヴェスタを出産すると、この若い母親が仕事に出られるために赤ん坊の世話をするのも年老いた母親の役目である。ジェニーのセクシュアリティが一家の生計を支えている状況において、彼らは効率よく分業を行うことで全員が食べていける方法を模索しているといえる。家族と生まれたての娘を残して、ジェニーは職を探しにクリーヴランドへと旅立つ。出発に際し、ゲアハート夫人は「涙を流しながら」つぶやくのである。「どっちにしても、ジェニーがこんなに見栄えが良いのは嬉しいことだわ」（102）。母が娘の「見栄え」を是認する裏には複雑な事情があると考えられる。ひょっとしたら、夫人は単純に娘の「見栄えが良い」ことを喜んでいるのかもしれない。しかし、もう一方で、彼女は潜在的にこの「見栄え」が高めるジェニーの女性としての価値がゲアハート家の家計を潤してくれることに即結びつくからこそ「嬉しい」と感じられるのではないだろうか。結局のところ、出産を経て元に戻った娘の肉体美こそが、一家の頼るべき資本なのであり、夫人はそれに気がついていない訳では決して、ないのである。

そして、母親の期待に応えるかのように、ジェニーの美しさはほどなく、彼女がメイドとして働いていたブレイスブリッジ家に頻繁に出入りしていたレスター・ケインの心をとらえることになる。ゲアハート夫人にとってレスターはもう一人のブランダーにすぎない。彼に求めることは、ゲアハート家への金銭的援助だけである。ジェニーが「着ていたドレスの首もとを開け、［レスターに貰った］二五〇ドルを取り出す」と、それは即、母親の頭の中で一家が必要とする具体的な生活物資に様変わりする。

彼女の悩みを解決してくれるものがここにあった。食べ物、服、家賃、石炭、そして貧しい家庭に付き物である難儀なものすべて。こういった悩みは、黄緑色の小さな札束一つで解決するのであった。(162)

着ているドレスの首もとから現金を取り出すその生々しさはジェニーの娼婦としての役割を示唆す

るに十分であるが、それを受け取るゲアハート夫人の態度もまた、娼館の女将を彷彿させるものがある。夫人はジェニーに対し「結婚できるような感じなの?」とたずねるが、これもまた二重の意味をはらんでいる(162)。娘の将来を案じる優しい母親の質問ととらえられる一方で、レスターとの合法的な結びつきの可能性を聞くことで、抜け目のないこの母親は、娘が連れてきた男性がゲアハート家全体のパトロンとなってくれるかどうか、推し量っているととらえることもできるのである。

当然の成り行きとして、レスターがジェニーと同棲することを決めると、頑固な父親を説得してジェニーの希望をかなえるよう、裏で画策するのは再び夫人の役割となる。「母はすぐに夫を黙らせるための作戦を計画し始めた。今、この計画を妨げるものがあってはならないのだ。ジェニーにはより幸せになってもらわなくてはならない」(168)。だが、「幸せになる」のはジェニーだけでは決してない。レスターがジェニーの面倒を見る約束をすると、それは必然的に彼女と共にいるゲアハート一家の面倒を見ることに直結しているのである。だからこそ、ジェニーは、レスターの愛人としての生活が落ち着くとすぐに、自分の家族の処遇についても気にかけるのである。レスターと二人で一時的にシカゴに行く際に、ジェニーは、父親をのぞく家族全員に対して(ゲアハート氏はこのとき、職探しのため不在なのだが、これもまた、彼の父権失墜の証として読むこともできるだろう)、次のように約束する。「レスターはすぐに私たちのためにもっと良い家を探すでしょう。私たちに引越しして欲しいみたいよ」(174–5)。この後、小説の語りは次のように続く。「彼女はまるで彼女自身はシカゴに滞在しないかのような言い方をしたのであった」(175)。このコメントはある意味重要である。ジェニーの寛容な性格の証として、彼女の家族思いがここで強調されている、と解釈するのはあまりに単純な見方であろう。ゲアハート一家が良い家をあてがわれ、度々訪れるスポンサーとしてのレスターを迎え入れるジェニー、という構図は、彼女のセクシュアリティが家族のエコノミーの中で効果的に機能するための実質的な利便性を具現化している。つまり、レスターによってあてがわれるであろう「もっと良い家」とは、ジェニーを稼ぎ頭とし、家庭内で分業体制をしく、家族経営の娼館になっているのである。こうなると、ジェニーのセクシュアリティの資本化は、ただ単に、彼女の献身的で愛情に満ちた自己犠牲的家族思いの産物であるという考え方はもはや通用しない。これはジェニーを含めたゲアハート一家が生存するために行う労働形態なのである。

2 「境界侵犯者」としてのジェニー

パブリックとプライベートの間で、家の中では「家庭の天使」、社会においては「賃金労働者」と位置づけられるジェニーの職業選択は、その公私の曖昧性が興味深いものとなっている。賃金労働者として、ジェニーは公の領域に足を踏み込んでいる。しかし、彼女が選択する、掃除婦にせよ、洗濯女やメイドという職種は、家庭内労働の延長として存在することを思うとき、社会における彼女の立場をこれ以上ないほど曖昧にしている。結局のところ、バリノーが指摘するように、家事労働というのは「自宅では無給の、そして他家においては薄給の」職であり（Barrineau 1995a, 127）、だからこそ、例えばキャリーが就く工場労働のような、国家的産業に貢献するような労働力とは切り離して考えられるべきなのである。ローラ・ハプキーの言葉を借りれば、

街中に位置するコロンバス・ホテルの階段を掃除したり、そこに滞在する有名客の洗濯を受け持つことは、キャリーのように、自分の将来の見通しを良くしたいという決意のあらわれというよりは、どちらかといえば、伝統的な女性らしさに結びつく、従順な性質ととらえられる。（81）

ジェニーの家庭的な性格が掃除婦やメイドという職種を好んで選ぶことに強調されているという指摘に加えて、公私の境界線に位置している彼女の仕事場もまた、検証されなくてはならない。ホテルにせよ、裕福な一般家庭にせよ、彼女が働く場所は常にその居住者にとってプライバシーが守られる家庭的な空間を提供するところとなっている。しかしながら、賃金労働者であるジェニーにとって、それはキャリーの働く工場と同様、不特定多数の知らない人たちのためにあくせく働いて金

を稼ぐ公の場であることにかわりはないのだ。

第三者の家や部屋に入り込むことで、ジェニーは自分の所属する家庭の場から離れた社会の人となる。コロンバス・ホテルや、ブレイスリッジ家において、彼女はもはやゲアハート家の娘・姉・母ではなく、単なる家事労働者であり、そこの居住者たちにとっては労働力以外の何者でもない、匿名の労働提供者と化す。しかし、公とはいえ、その職場自体が第三者の私的空間であるという事実は、ジェニーに自身とは異なる階級に所属する人々との接点を提供し、彼女の社会的立場にことさらの曖昧性を与えることにもなる。彼女がブランダーやレスターと出会い、それが雇用・被雇用とはまったく異なる別の関係に発展しえたのも、彼女の職場が私的空間を伴う公の場所であったことに由来する。男女の逢引にある程度のプライバシーは欠かせないということになれば、私的領域で労働を行うことは、身分違いの恋愛のためのメリット（もしくはデメリット?）になるかもしれない。ブランダーの衣服を届けるために、ジェニーは仕事として彼の部屋に入り、そこでそのまま、彼の「女」となってしまう。ブレイスリッジ家において、レスターもまた、「ジェニーと話したり、廊下や階段のところで待ち伏せする機会をたえずうかがっていた」(119)。

『ジェニー・ゲアハート』は、もともと「一線を超えた者」というタイトルになるはずであった、という事実はこの意味で重要である。ドライサーがこの言葉をタイトルとして考えていた際、おそらくはこの言葉の意味としてＯＥＤが定義する、「法律違反者」や「罪人」を意味していたと考えられる。十九世紀的道徳規律においてジェニーの性的体験とその顛末はいかにも法にふれる罪深いことのようにとらえられるだろう。だが、この「一線を越える」という行為を字義通りとらえたらどうなるだろうか。定められた境界を越えるという行為そのものに、否定的な意味合いは必ずしも含まれない。家事労働に従事する賃金労働者として、ジェニーは常に境界線の狭間に位置している。公的・私的領域の間、資本家と労働者、そして男性と女性との境界線などがそれにあたる。

一線を越えることは、ジェニー以外の誰にもできないことである。ゲアハート家は、稼ぎ頭であるジェニーを中心に物質的には恵まれた生活を送ることができ、また、ブランダーやレスターといった階級の異なる人物との接点も生まれる。しかしながら、ゲアハート家全体がこの境界線を越えることはできないし、彼らもまた、それを認識しているかのような描写がテクスト内で見られる。「[ジェニーは]家族の中で普通の人ではないというように見られるようになっていた。（中略）彼女は常に普通ではないことをやっていたのである」(173)。ゲアハート家にとって「普通」のことはジェニーにとってはもはや「普通」ではない。そしてこの行動のずれこそが、ジェニーを労働者階級からさらに上の階級へと「一線を越え」させる原動力となる。同様のことが、彼女の越境を受け入れる側でも認識されている。ジェニーの両親に紹介されて、レスターは彼らと握手をする。しかし彼の目には、自分とジェニーの家族の間の階級差は明らかである。「レスターは彼らにほとんど注意を払わなかった。年老いたドイツ人[ジェニーの父]は単なるありふれた人に見えた。この家族の人々は彼の会社の監督者が雇うような人々だった」(173)。ゲアハート家はレスターの提供した家に住んでいたにもかかわらず、レスター自身はジェニーを訪ねても常に自室にこもり、ジェニーが彼に「このスイートとも呼べるかもしれない別室の居間で彼に食事を出して」いた(182)。居住空間を共有しながらも、レスターとゲアハート家は別々の暮らしを営み、両者の間にある境界線を越えることができるのは、やはりジェニー一人だけということになる。

そして、この点において、ジェニーがレスターとの関係をもつ最初の数年間、レスターがジェニーに子供がいないと思っていたというのはつじつまがあう話である。公的空間と私的空間、資本家階級と労働者階級の狭間を行き来することを余儀なくされるジェニーのために、ゲアハート家ではヴェスタを「目立たない背面に」もっていき、「完全に隠してしまう」必要があった(181-2)。そしてジェニーは、自分がレスターの愛人になる可能性を察知し、母親に相談した際に既にこの必要性を予見していた。ゲアハート夫人が、後でレスターの怒りを買うことにならないように、ヴェスタの存在を前もって伝えるべきだというのに対し、ジェニーは「学校に行く年頃になるまで」ヴェスタをゲアハート家内にとどめておいてほしいという。娘の存在を隠すのは、しかしながら、ジェニーが自身の幸福の追求を優先しているからではない。彼女が母親に「熱心に」説明していることによれば、ジェニーは、レスターとの新しい関係に「彼女を巻き込みたくない」からだとしている(161)。つまり、セックスが関係する「職場」にジェニーは母親として自分の娘を入れたくないということなのである。ジェニーの認識では、公的な場所と私的な場所は最初から完全に分離されている。彼女にとっての公的領域とは、彼女がレスターに対して様々な奉仕を行う場所である。私的領域とは、娘を含め、ゲアハート一家が彼女の得た報酬で快適に暮らせる空間なのである。この文脈で考えるならば、ジェニーとレスターの関係は、二人が結婚という合法的な男女の関係に最終的になれなかったということにおいて、実りのない不遇のものであったとは一概に言い切れないこともまた事実である。少なくともジェニーにとって、レスターとの関係はビジネス的な契約でもある。彼女が公私を理性的に分けて行動することができるのは、ある意味、彼女がこれまで家庭的で感傷的な女性と定義されていたことを思うとき、大変重要であるといえるだろう。家族と愛人の間に一線を画し、前者が生き延びるために後者から資金を調達するそのやり方は、彼女が、十九世紀的な古風で受身の女性というよりはむしろ二十世紀的な斬新さと機敏さを兼ね備えた強い女性であることをあらわしているのである。

とはいえ、ジェニーももちろん、常に理性的に行動し、二領域を行き来できるとは限らない。彼女の家庭的な側面は、愛娘のヴェスタが病気になるという、いわば非常事態の際に、たちまち前面に押し出てしまい、理想的だった公私分断の暮らしは崩壊することとなる。子供の存在を初めて知らされたレスターが、「これが彼の知っていたジェニーであろうか？　これが、四年間も自分と暮らし、そのような二面性に気がつくことのなかった女性であろうか？」(204) と驚嘆するのも、驚くに値しない。「二面性」というよりは「柔軟性」ともいえる、ジェニーの性質をこの引用に垣間見ることができる。レスターに対して親密な態度で接してきたジェニーも、実は必要に応じて異なる役回りを演じ、二つの異なる世界を行き来するしたたかさを持ち合わせていたということになるのである。

結局、彼女の愛は二つに分かれてしまっていた。一方では彼に、もう一方では子供に。そしてこの発見は、彼のような立場にある男性にとってとうてい冷静に考えることができないことであった。(207)

ジェニーの知られざる側面を見てしまったレスターは、しばらく家を出て行くことを決意する。そしてこのような重大局面にあっても、ジェニーは彼が出て行くのに際して「本能的に」「彼女が何かできる仕事はないか」と感じており、その家事労働に従事する労働者としてのサービス精神を発揮している(212)。「何かできる仕事はないか」という、常に自分にできる仕事を探す彼女の態度はまた、私的領域における愛人(実質上の妻)の立場にあっても公的領域における労働者としての役割をも担う、彼女の二面性・柔軟性の表れとも解釈できる。最終的にレスターはジェニー(とヴェスタ)を手元においておくことを決意するのだが、これも、「三年間のジェニーとの暮らしは心と愛情のこもったサービスに満たされていたのであり、彼は愛情面でこれに依存するようになっていたのだ」(214) と説明されている。公的領域においてなされたと考えられるジェニーの労働は、私的空間にて本来得られるべきである「心と愛情」がこめられている。無料でありまた有料でもありうる「サービス」をレスターに施しながら、ジェニーは公私双方にまたがる境界線を越える人物として描かれているといえる。

3　家族の形成と崩壊

『ジェニー・ゲアハート』の初期の部分で、ドライサーは一章分を割いて、ジェニーが持っている、自然への深い愛を描写している。その中のエピソードに、彼女が弟妹たちと生き物とその「家」について語りあう、やや感傷的な場面がある。

「誰にでも家はあるの？」マーサがたずねた。

「ほとんど誰にでもあるわ」「ジェニー」が答えた。

「鳥たちは家に帰るの？」ジョージがたずねた。

「そうよ」彼女はその質問に詩的なものを感じながら言った。
「鳥たちは家に帰るのよ。」(18)

このように感傷的なエピソードは家庭的な女性としてジェニーが家族愛にあふれていることを示すものとなるかもしれない。しかし一方で、彼女の意外にも抜け目のない性格を思うとき、「誰にでも家がある」と考えるジェニーの思い入れには詩的なニュアンス以上に実質的権利として彼女が意識する「家」への執着があると考えられなくもない。実際、彼女自身は制度外の妊娠と出産に迫られ、そのことは経済的な意味で「家」をもちにくくし、制度的な意味で「家族」から断絶されるという憂き目にあっている。「誰にでも家はある」と彼女が言うとき、彼女の後に置かれる状況を考えるならば、そこには彼女自身が「家」や「家族」を作り出す意思のあらわれがあったととらえることもあながちできないことではないだろう。

家族に対する献身と愛情に言及しながら、批評家たちはこれまで、ジェニーの人生は結局のところ、レスターと結婚することもできず、自分自身の家庭を築くことができなかったために悲劇的な人生だったと結論付ける傾向にあった。しかし、レスターとの合法的関係が成就しなかったことが単純に彼女の人生すべてを悲劇にするかというと、そうともとれないのではないだろうか。実際、ジェニーが強力なのは、彼女自身、境界線を行きつ戻りつする中で、周囲の人々を巻き込んで、自分が主体の擬似家族を作ろうとしている姿を見せるときである。彼女の最初の男性であるブランダーとの関係は、二人の成熟した男女の恋愛というよりはむしろ、父と娘の親密な関係が一度だけ狂ってしまった、という類のものである。実際、ゲアハート氏はジェニーを「三十歳も年上の男と。父親と同じくらいの男じゃないか」と非難している。このようなセリフを当の本人である父親その人から言われているということは重要であろう。つまるところ、ゲアハート氏の怒りは、彼の娘が自分から父権を取り上げ、経済的にも社会的にも彼より優位な男性にその地位を譲ったことに由来しているといえるのだ。

ブランダー氏との逢引場所であるホテルの部屋はたちまちその場限りの居間になり、父ブランダーと娘ジェニーは、そこで親密な時間を共有する。「ある晩彼は彼女に腕をまわして、自分の胸のあたりに彼女の身体をそわせた。また別のとき、彼は膝のところに彼女をひきよせ、ワシントンでの生活について語った」(40)。ブランダーの父親のような態度にジェニーは「『ブランダーさん、あなたは本当に良くして下さるのね』と娘のようなかわいらしい声の調子で」答えている(49)。ゲアハート氏とブランダー上院議員の唯一の相違点は後者がジェニーと寝てしまうことだろう。そしてその行為は、図らずも妊娠という形でジェニーのその後の人生を大きく変えてしまうのだが、それが判明する頃、ブランダーは死んでしまう。つまり、ジェニーは父によってみごもり、母となって初めて父親（兼夫）を亡くすのである。

チャリティ・ロイヤルの場合がそうであったように、ジェニーがヴェスタを身ごもることは、ある意味、自分の分身を作り出すことに他ならない。ヴェスタは生まれながらに父を持たないが、この損失は彼女の祖父にあたるゲアハート氏によって一時的に埋め合わせがなされる。彼は「この小さな私生児に対して最高の父親らしさを見せる」(183)。そしてゲアハート氏にとってヴェスタは、娘ジェニーによっていったんは去勢された父性を取り戻し、発揮できる恰好の対象物である。父親代理として、ゲアハート氏はヴェスタが「ドイツ・ルーテル教会の学校」で教育を受けるべきであると考えたりするのであるが、この考えは、次に現れる、さらに強力な父親代理であるレスターによって早くも否定されることになる(269)。もともとその誕生が怒りの対象であったはずのヴェスタだが、ジェニーはゲアハート氏をうまく誘導し、自分の娘を彼に差し出し、一度は損失させた父権を取り戻させることに成功するのだ。同様に、その存在を知って一度は怒るレスターもまたしかりで、彼は「七歳の女の子を膝の間にはさんで彼女をからかうのが好き」という、まるでブランダーとジェニーがホテルの客室でじゃれあっていたことを彷彿させる父娘関係をヴェスタと共に築く(270)。親密な擬似家族にあって、ジェニーはヴェスタに対し、「パパのところへ走っていって、あなたの洋服を見てもらいなさい」と言ったりもしている(271)。このような状況を見る限り、ジェニーには、制度外の婚姻に甘んじる悲劇的なヒロインというよりは、周囲の者たちにそれぞれの役回りを与えて自分を中心とした家族を形成する、行動的なヒロインであるといえる。

愛する者たちに囲まれたジェニーの暮らしは残念ながら長くは続かない。関係ある人物たちが次々に死んでいくことで、家族は必然的に崩壊してしまうのである。ゲアハート家は、まず母親のゲアハート夫人が死に、その後ゲアハート氏が死ぬことで完全に崩壊してしまう。レスターと形成した擬似家族もまた、ヴェスタの死と、レスター自身の死によって失われてしまう。『ジェニー・ゲアハート』において、ジェニー以外の主要登場人物は皆、死んでしまうというのはハッチソンの指摘であるが(208)、実際、ヒロインの人生の節目において度々挿入される関係者の死は、小説の結末を確かに暗いものにしているかもしれない。リーハンが、「ジェニーは一人残され、空虚な日々を指折り数えて、彼女が死ぬときに初めてもたらされる解放をいまや待つのみなのである」とまとめるとき、この悲観的な小説の読みは多少の説得力をもって響く(81)。批評家の大多数がヒロインの孤独をもってこの小説を悲劇であるとしているわけだが、それでも、ドライサーは最初の原稿で予定していたヒロインの結婚によるハッピー・エンディングの筋書きを、後になって読者の同情をひくために変えたということを、ここで記憶にとどめておく必要があるだろう。『ジェニー・ゲアハート』もまた、時代の産物であり、当時の道徳律や思潮の影響を免れなかったのである。

ここでは、多くの死が立て続けに描かれる結末部分に執着するかわりに、小説全体を、物語の展開をヒロインの動向とあわせて検証することが重要であろう。冒頭から結末までを全体的にとらえたとき、ジェニーは、純真無垢な一少女から成人女性へと成長し、娘から母親へ、そして姉から妻へと、女性としての家族内の役割を徐々に増やしていく。そして、結末部分においては、親しい者たちの死によって、その役割をまた一つずつ放棄し、その相対的な役割から解除されていく。そして小説の最後は次の文章でしめくくられる。「彼女はまだ年老いてはいなかった。二人の孤児たちも残されていた。（中略）過ぎていく日々、そしてその日々の繰り返し。そしてその後は?-」(418)。娘として、姉として、妻、母としての役割を全うし、相対性のないジェニー個人としての人生が、こうして、小説の最後になって始まるのである。このオープン・エンディングは、ある意味、ジェニーの女性としての人生をどのように評価するのか、ということ、そしてそれはこの小説が書かれ、出版された当時だけの評価でなく、このテクストが読まれる時代や場所、そしてこれを読む人々によって柔軟に変化することを示唆しているものととらえられるかもしれない。

注

（1）フェミニズム批評の解釈にありがちではあるが、『ジェニー・ゲアハート』がジェンダーの視点で論じられるとき、ヒロインのセクシュアリティは「一人の所有者から別の所有者へと（中略）渡される商品」といった常套句によって説明されている (Barrineau 1995b, 56)。

（2）ジェニーの家庭重視の姿勢がキャリーの外向的嗜好と対照的であるというのは、これまで多くの批評家たちが指摘してきた点である。リチャード・リーハンは次のように述べる。

従来の慣習に果敢に挑戦しながらも、ジェニーはキャリーと異なり、実際、実家を離れようとはしない。彼女は妻や母になることを強く望んでおり、制度外で営むレスター・ケインとの数年間が彼女の人生においてもっとも因習的であったというのは皮肉であるといわねばならない。というのも、この生活で、彼女はもっとも望んでいた家や家族というものを見出すことができたのだ。(87)

また、スーザン・ウォルステンホウムは、リーハンとは少し性質が異なるが同じく、ジェニーの家庭重視の側面を、二人の男性と性的関係をもったジェニーの意図にからめて、次のように述べている。

最初の誘惑であるブランダー上院議員、そして二番目のレスター、そのどちらの関係も、その性的魅力の虜となって発展したものではない。また、キャリー・ミーバーの場合がそうであったように自分を高めようというものでもない。それは彼女の家族を養うためなのである。(249)

第五章　母になれない娘
――『アメリカの悲劇』におけるもう一つの悲劇

「十九世紀の人々がどのような産児制限をしていたのか、それを知るために当時のフィクションを読んでみても、そこには何の手がかりも見出せない」(Brodie 1)。ジャネット・ファレル・ブローディの著した研究書『十九世紀アメリカにおける避妊と中絶』は、歴史的一次資料を丹念に精読しながら表題の史実検証を行った良書であるが、その冒頭にあるのがこの一文である。ブローディは、産児制限に関係があると思われる「当時の」小説数冊に言及する中で、それらの小説はすべて直接的にはこの問題を取り上げていないことを指摘する。

読者は、ドライサーのシスター・キャリーがどうやって妊娠せずにすんだのか、知りたいと思っても、そのことはふせられたままである。もっとも大胆とされるフランスの小説家たちでさえもこの問題は避けて通るべきものであり、ボヴァリー夫人やゾラの描く高級売春婦のナナが

どのように自身の妊娠を免れることができたのか、読者は決して知ることはない。(1)

歴史家ブローディの関心は、この後すぐに文学作品から歴史的一次資料へと移り、メアリー・ピアス・プアという中上流階級に所属する十九世紀中盤に生きた実在の一主婦のごく私的な日記の細部を読み解きながら、彼女たちが当時どのようにして産児制限を試みたかを追及している。ブローディが注目したのは、プア夫人の何気ない日々をつづった日記の本文、および、夫人が記したと思われるページの隅に書かれた奇妙な記号の数々であった。ブローディの綿密な読み込みにより、これらの記号と日記の内容から、プア夫人が彼女の出産可能年齢期間中、どうやって望まない妊娠を防ごうと努めたかということが徐々に明らかになっていく。本論では、この歴史書の詳細をさらに紹介し検討することは控えるが、ここで問題にしたいのは、この興味深い歴史書の冒頭部分において ブローディがわざわざ持ち出している当時の小説に関する素朴な疑問である。すなわち、ドライサーの描くキャリー・ミーバーは、その長い物語が進行する過程において二人の男性と性的関係を持ちながら、どうやって妊娠を免れたのであろうか。(1)

ブローディが言うように、ドライサーはこの処女作においてヒロインのいわば都合の良い「(避)不妊」に対して具体的な理由を明記することは避けている。しかし、だからといってドライサーが、この明らかに計画的といえる(避)不妊によってキャリーが免れ得た様々な社会的制約や制裁に関してまったく気づいていなかったとか、当然のことのように思っていたかというと決してそういうわけではない。それどころかドライサーは、その実生活においても、またその作品内においても、制度と生殖のはざまで苦悩する女性の性について常に意識的であり、同情と理解のまなざしを持っていたことが知られている。彼は一九二一年にニューヨークで開かれたマーガレット・サンガー主催の第一回アメリカ産児制限会議のスポンサーの一人であったとされるし（Chesler 200）、また女性の生殖に関わる問題に対する彼の個人的な関心はその後期の作品において垣間見ることもできる。[2] 確かにブローディの指摘のように『シスター・キャリー』では触れられなかったこのテーマは、前章で検証した彼の第二作目『ジェニー・ゲアハート』において全面的に扱われ、婚外妊娠によってヒロインが社会的な辛酸をなめる様子が克明に描かれている。そして、若い女性が自分の意思の及ばないところで妊娠し、未婚の母とならざるをえなくなるということに関するドライサーの問題意識は、最終的に彼の大作『アメリカの悲劇』において、望まない妊娠をする未婚女性の苦悩とその死が主人公の男性を最終的には死刑に追いやることになるという大きなテーマの一端を担うことで、もっとも顕在化することになる。図らずもこの小説が出版されたのは、産児制限の会議が開催された四年後であった。仮にドライサーがその処女作においてヒロインの都合の良い「（避）不妊」に関して黙していたとしても、後の二作品『ジェニー・ゲアハート』と『アメリカの悲劇』に反映されている女性の生殖と制度の問題に対する彼の関心は否定できないだろう。実際、これらの二作品において、ドライサーは、ジェニー、ロバータ、それぞれがどうやって妊娠を防ぐことができるだろうか、と頭を悩ませている様子を描きさえしていたのだ。[3]

一九九二年のペンシルベニア版刊行後、新たに批評家の関心を集めることに成功したジェニーに比べて、『アメリカの悲劇』のヒロイン、ロバータ・オルデンに対する注目はこれまで十分とはいえないものであった。これは、小説の主人公がロバータを死に追いやった責任を問われる男性、クライド・グリフィスであり、物語では、彼女に出会う前の彼の生い立ちと、彼女の死後、法廷で裁かれる彼の様子がその主要ページを占めていることがその理由であることは容易に推測できる。ロバータはこの長編作品の前編後半にのみ登場するにすぎず、クライドの死をもって物語が幕を閉じる頃、彼の死刑の原因となった彼のかつての恋人についての読者の印象はすっかり薄くなってしまっている。このようなわけで、批評家たちは幾分非難がましく、ドライサーのロバータ描写は主人公の相手役という立場にしては線が細く、真実味に欠けるというコメントをしている。[4] 例えばエレン・モアーズは、「ロバータの懇願と絶望の叫びは小説の中でただ間接的にしか読者を突き動かすことはない。（中略）小説において、ドライサーの唯一ともいえる関心は、殺人者に向けられているのであって、その犠牲者ではないのだ」(213)。[5]

最近の批評家の中では唯一、シェリー・フィッシャー・フィシュキンが、ロバータの「目立たない」人物描写に関して、ドライサーのジェンダー観から考察している (3)。フィシュキンの分析は、小説内で描かれるロバータと、彼女のモデルになったとされる実在人物ビリー・ブラウンの比較を基にしていて、後者に関しては当時の新聞記事や裁判記録などからうかがえるビリー・ブラウン像をフィシュキンが再構築し、ドライサーのロバータ描写との類似点と相違点をまとめた。その結果フィシュキンは、こと性的体験にまつわるエピソードに関して、ビリー・ブラウンの描写が新聞と裁判記録では異なる点があることに注目し、それらの相違点とロバータの描写をあわせて次のように結論付ける。

ドライサーは単に新聞で報じられた、ステレオタイプのビリー・ブラウン像を自身の小説でそのまま採用したにすぎなかった。（中略）ロバータの性的体験に対する態度は、新聞で描写されるビリー・ブラウンのそれに比べてもう少し複雑かもしれない。しかし、つまるところ、ロバータは消極的で、受身で、弱い女性として描かれている。(10)

そしてこの、ことさらに受動的な女性としてロバータの性格は、当時のジェンダー・ディスコースをドライサーがそのまま鵜呑みしていることの表れであると彼女は主張する。

フィシュキンの論は、ある程度説得力があるものの、未婚女性の性的体験と結果としての婚外妊娠というデリケートな問題を扱うにあたってドライサーが当然、苦慮したであろう様々なことを考えるとき、いささか再考の余地があると思われる。例えば法の下で中絶が禁止されていた当時にあって、ロバータの望まない妊娠とその後、中絶を希望する姿をもっともらしく描くのにあたり、彼女の性への関与が積極的で大胆なものであればプロット構成の面で逆に説得力がなくなるというようにドライサーは考えたかもしれない。中絶を得るにあたって当時としても非合法的な選択肢や抜け道がないわけではなかったが、それらへのアクセスが必然的に阻まれるためには、「弱く」て「受身」のヒロインである必要性があった。ドライサーがロバータの性格を実在モデルの新聞報道からそのまま取り出してステレオタイプの女性に描くにとどまったと一掃してしまうことは簡単であるが、ごく普通の女性が生殖と制度の狭間でこれほどまでに苦悩しなくてはならないという大きなテーマを扱うにあたって、ドライサーは、ロバータの性格描写だけでなく、その周囲の状況にも十分考慮する必要があったことを忘れてはいけない。言い換えるなら、ドライサーのロバータ描写は、単に彼女の言動のみを分析することで理解されうるものではないということである。彼女の描かれ方は、妊娠中絶論争にわく当時のアメリカ社会にあって、周辺の事情とともに考慮された結果であることを踏まえた上で、再検討されなくてはならないのである。

『アメリカの悲劇』においてドライサーは実に様々な性格の女性を描いており、その多様性は、主人公のクライドがその中をぬって進むすべての階級においてみられるものである。中でもとりわけ判りやすいのが資本家階級と労働者階級の間でゆれるクライドの苦悩に象徴される、社交界の花形としてのソンドラ・フィンチェリーと工場の女工であるロバータ・オルデンの対比がまず挙げられよう。だが、テクストを精読していくと、ドライサーの描く女性描写はさらにもっと複雑な階層に分類されており、それはロバータの所属する労働者階級に関して特に顕著であるといえる。ロバータの、彼女の友人や同僚との交わりを細部にわたって考察すると、彼女が常に決定的な状況下においてその仲間たちが形成する集団からはみ出してしまい、結果的に所属する場を失ってしまうことに気づかされる。ロバータの集団からの逸脱・隔離は、実のところ物語の進行上、大変重要な意味を持っており、それは以下に詳しく述べることになるがモアーズの「ドライサーの唯一の関心は、被害者でなく、殺人者にあった」とする見解が必ずしも正しくないことを裏付けている(213)。ドライサーは主人公のクライドの描写にも力を入れる一方で、等しくロバータの人生の転落と悲劇的な死を必然的なものにするために綿密なプロット形成を行い、その過程において彼女を徐々に周囲から孤立させる状況を構築していっている。

本論では『アメリカの悲劇』の中でも特にロバータに関する部分に焦点をあてて論じていく。最初に注目したいのが、ロバータが田舎の生家を離れて都会で女工として働くことによって失われる実家における「娘」の立場である。次に、ロバータがクライドとの性的関係を持ち、妊娠することでさらに社会から孤立してしまう点に関してその詳細を検討する。中絶を希望しながらもそれがかなわない状況に陥り、そのことが原因で彼女が最終的には死ななくてはいけないという設定をドライサーがどのように記述しているか、彼女の社会的孤立を分析する。中絶禁止法下の当時にあって、それでもドライサーが望まない妊娠をした未婚女性が中絶を求めて様々な手段に訴えることを、あからさまではないがテクストのあちらこちらに言及しているのは注目に値する。中絶医や産婆の存在が言及されることによって、彼らの技術に頼ることが必然的にかなわないロバータの置かれた絶望的な状況はますます現実味をおびて読者にせまってくる。ロバータが常に集団から孤立し、どっちつかずの立場におかれることを、彼女をとりまく様々な環境とともに論じていくことにより、本論ではドライサーのロバータ描写を再評価したい。

1　生家からの離脱

最初は生家近くのトリペッツ工場において、後にはライカーガスの工場において、女工として働くロバータは、同じく田舎の実家を出て都会の工場で働く駆け出しの頃のシスター・キャリーとその境遇を同じくしている。しかし、キャリーが汽車に乗って生家を離れ、都会に向かうとき、それは地理的にもまた精神的にも、彼女をミーバー家から永遠に引き離すことになったが、キャリーよりはやや家庭的な性格のロバータにとって、距離的に離れた実家はそれでも精神的に依存する場所として存在し続ける。実際ロバータは、テクストで「農夫、タイタス・オルデンの娘」と紹介されているのだが、これはきわめて示唆的と言わなくてはならないだろう(250)。ヒロインの父親の名前は一度も言及されないまま、物語が進行した『シスター・キャリー』に対して、ロバータの物語は父親とは離れた場所でスタートするにもかかわらず、彼女は象徴的な意味で「父親の所有物」として定義され、「娘」としていずれ父親から夫へと譲渡されるものという位置づけがほのめかされている。ロバータ自身も、この伝統的父権制ジェンダー・ディスコースを内面化しているところがあり、「彼女の美しさや魅力はいつかそう遠くない将来、定められた男性の心を魅了し、虜にするだろう」と夢みている(251)。とはいえ、ロバータの夢と彼女がおかれた実質的な状況には大きな隔たりがあることを見逃してはならないであろう。産業が発達し、工場での単純労働で誰もがそれなりの賃金を得られる状態にあって、彼女は実際、田舎の家族とは居を別にし、都会で働き自活する賃金労働者であるのだ。そのようなわけで、残してきた実家に対する親密な愛情とまだ見ぬ将来の夫への精神的依存をあらわにしながらも、ロバータの経済的自立に関してはそれなりに強調されており、「彼女を必要としているらしい」両親を助けるために実家に仕送りをしていることがテクストには記されている(252)。彼女が両親より多く稼いでいるという現実は、彼女が実生活においては自立した女性であるという何よりの証拠であり、だからこそ家庭内領域にこじんまりと落ち着く娘や妻という社会的地位からは遠ざかっていることを示している。

精神的に実家やまだ見ぬ将来の夫に自身の所属場所を求めながらも実質的にそこから既に独立を果たしてしまっているロバータは、女工として登場した最初の時点ですでに、公的・私的の両空間の間で中途半端な状況に置かれている。素敵な男性にふさわしい妻になりたいという少女らしい思いのために、彼女の労働市場におけるキャリア探求心はそれほど真剣なものとはならない。しかしながら家族の経済的状況は、彼女を嫁ぐ日まで大切に囲っておく余裕などはなく、必然的に彼女を都会の労働市場へ送り出すことになる。言葉を変えて言うならば、彼女の願望は直面している現実とは相容れないもので、この、夢と現実の狭間こそが、ロバータが身を置くことを余儀なくされている場所なのである。賃金を得るために実家の庇護をすでに離れてしまい、だからといって結婚して新たな家庭を築くにはまだ相手がいないという、どっちつかずの状態にあるロバータはただ「もっと良いもの」という抽象的なものを求めて都会に漂う不安定な一個人にすぎない（251）。娘でも妻でも母でもないという、家族内のいかなるジェンダー・ロールからも解放されてしまった彼女はこうして、巨大な工場におけるしがない女工として単純労働に埋没する日々を送ることになる。「朝食を終えるとすぐに」、ロバータは「毎日この時間帯になると川の対岸にある工場に向かってできる長い列」に加わって、工場に吸い込まれていく。そして一日の仕事が終わると再び「工場で「列の中に」組み込まれ、駅のところにある橋を渡り、きた道を戻っていく」のである（255）。

実の伯父が経営する工場内で階級差を身をもって体験するクライドと違い、ロバータや彼女の同僚たちにとって工場内の職場は、これまで自分たちが所属していたそれぞれの社会的階層を超越し、労働力を提供するという意味で皆平等の立場を享受できる場所となる。ロバータのようなアメリカ生まれの中下層階級の女性たちは、「無知で程度の低い、ふしだらな外国人」(257)として彼女たちが軽蔑の対象としている移民の女性たちと一緒に働くのである。同じ場所に共存している性質上、労働時間内という制約こそあれ、両者の間にそれなりの交友関係が芽生えるのはごく自然の成り行きであろう。現場監督としてクライドはロバータが女工たちの中でも際立っていることをすぐに見て取る。「彼は一目見て、彼女がずっと知的で魅力的であるとわかった」(247)。と同時にまた、彼はロバータが他の外国人の娘たちと昼休みにたわいないおしゃべりに興じる中でそれなりの柔軟性を兼ね備えていることも知るのである。それは、ロバータを含む数人の女工を前に、ポーランド系移民の娘メアリーが、男性からもらったというビーズのバッグを自慢する場面で具体的に示される。メアリーは同僚を前に次のように言う。

「このひぃと、どうしちゃおうかしら？ このひぃと、引き止めておいて、彼女になっちゃうか、それとも、このひぃとに返しちゃうか。私、けっこうこのひぃと、好きなのよね、このバッグもぉ、わかるでしょ？」(259)

言葉の訛りがより一層、メアリーの所属する階級とその知的レベルの低さを物語る状況下において、「このひぃと」と呼ぶ男性を「好き」であるというメアリーの感情が多分にモノでつられたものであることは明らかである。彼女のセクシュアリティは「こんなに素敵なバッグ」と彼女が喜ぶ贈り物と等価交換の関係になっている。そしてこのとき、メアリーに対するロバータの反応、およびそれを同室にいながら第三者として観察するクライドの嬉しい驚きが、後の物語の展開に大きく関係してくる。メアリーのコメントを聞いた女工の一人が「私なら「バッグも」彼も両方手に入れるわ」と言うのを聞いて、そばにいたロバータはクライドの予想に反して笑顔を見せる。そして、クライドはこの笑いを、ロバータが見かけほど保守的な女の子ではないことの表れとしてとらえるのである。「彼は自分が恐れていたほど、彼女が狭い考えではないと感じた」(260)。クライドはもともと、メアリーのような移民の労働者とロバータの間にある見えない階級差を認識しており、その差こそがロバータに好意を寄せる主要因であった。しかし、見えない格差の境界線は、同室で同じ労働力を提供する女工という彼女たちの立場によって都合の良いときにだけ曖昧性を増していく。つまり、メアリーのおしゃべりにたとえ一時でも共感の笑顔を見せたロバータもまた、ひょっとするとメアリーにバッグをくれてやった男性のように、クライドの「彼女になっちゃう」のではないか、という期待と妄想を当の本人に抱かせるのである。

しかしもちろんロバータの本来の性格はドライサーが記述する移民の女の子たちのそれとは随分

と異なっている。職場では性的に不埒な同僚とも仲良く付き合えるロバータであるが、男性の工員が通りで女の子たちと「ふしだらに戯れている」のを見てすぐに「ショックを受けて」しまう(255)。ロバータは、自分にとって適切なのは工場の職場でなく、下宿先のニュートン家であることを自分でも心得ている。下宿先には、ルーム・メイトで昔からの友人であるグレイス・マーとも一緒にいられる。[6] ニュートン家は、ある意味、田舎の実家オルデン家にかわって結婚前の娘ロバータに親らしい監視の目を光らせてくれる、いわば代理家族として機能している。家主であるジョージとその妻メアリーは彼女の両親として、そしてメアリーの妹でもあるグレイスは「楽しみと親しさをロバータに求める」姉として、それぞれがロバータに世話を焼く(254)。ロバータ自身もこの状況を理解しており、後にクライドに対して、グレイスが「私のことを家族の一員のように思ってくれているのよ」(285)と言ったりしている。ここで注目したいのは、「良きクリスチャンの工場従業員としてその暮らしぶりや習慣に適応すること」に重きをおき、「一線を」「越えた者には何も良いことはない」とするニュートン家の厳格で禁欲的な生活信条である(255)。この道徳観念は、それなりの束縛を強いることはあっても、ロバータのような女工にとっては間違いなく「安全」を提供してくれる歓迎すべき環境である。というのも、ローラ・ハプキーも主張しているように、「実家の庇護下からのがれることによって」世紀転換期の女性労働者というのは「同僚や雇用者たちの誘惑の危険に自らをさらすことになった」からである(9)。

女工が直面する身の危険に関してはさらに、マーガレット・サンガーがその著書『結婚の幸福』において説いているところであるが、『アメリカの悲劇』刊行のわずか一年後に出版されたこの本は、ロバータのような年頃の未婚女性が留意すべき注意点や警告がまるでリストのように数多く挙げられている。危険なタイプの男性を「女の子をまるでタダで寝られる娼婦代わりに考えている（中略）漁色家」とこきおろし、次のように注意を促すのだ。「実家のもとに住み、きちんとした付き添いの目がつく女の子にはこの類の男たちにそう会うことはないかもしれません。けれども、お店や工場で働いて生きていこうとしている女の子たちはこういった男性と接触する可能性がたえずあるのです」(57)。クライドはサンガーの定義する「漁色家」とは必ずしも言い切れないとはいえ、少なくともロバータにとってクライドと付き合うことは、ニュートン家が与えてくれている擬似家族のシェルターからの脱退を意味することに違いはない。またあくまでも「擬似」家族であるニュートン家にはロバータをオルデン家ほどに束縛する力も義務もなく、それはつまり、彼らの保護には限界があることを示している。このことは、例えば、ロバータの恋敵であるソンドラ・フィンチェリーの状況と比べて対照的である。グリフィス家の親戚とはいえ、素性のはっきりしないクライドの、自分たちの娘へのアプローチを目の当たりにして、フィンチェリー家では、クライドとは「どんなことがあってもあまり親しくなりすぎないようにしなさいと娘に注意を」直接促し、ソンドラを「危険」から回避させようとする(437)。サンガーの言う、「実家のもとに住」んでいる者と

「お店や工場で働いて」いる者の遭遇する危険の格差はこうして『アメリカの悲劇』において顕著に描かれているのである。

ロバータとニュートン家との関係が、彼女がクライドと親しくなることであっけなく崩れていく過程は、彼女の所属集団から逸脱する最初の例である。クライドとの関係が親密になればなるほど、ロバータはグレイスを、いつも一緒にいなくては気がすまない「寄生者」、「寄食者」とみなし、厄介者として追い払いたくなる衝動に駆られる(293)。一方では友人のグレイスに、他方では恋人のクライドに、それぞれ親密な付き合いを求められ、前者を鬱陶しく感じたロバータは、ほどなくしてニュートン家を出てギルピン家に下宿することを決意する。ギルピン家での彼女の部屋は家族たちが使用する部屋とは独立しており、彼女はここで完全に自分だけの私的領域を持つことが可能となっている。ロバータがクライドとの関係を維持するためにその障害を取り除こうとニュートン家を離れたことは、彼女が所属する集団から完全に逸脱してしまうことを意味する。完全な意味での庇護を提供してくれた田舎の生家から、部分的ではあるが少なくともある程度の庇護と監視を享受できた都会の擬似家族との暮らしを経て、ロバータはとうとう、誰の監視下にも入らない、完全な独立を果たしたのである。そして対するニュートン家ではこの事態をきわめて正しく把握し、ロバータを「トリペッツ工場で送っていた慎み深い暮らしとは相容れない、楽しいときを過ごすという考えによって道をふみはずしてしまった」娘と見ている(295–6)。ここで使われている「道をふみはずす」という言葉は重要であろう。禁欲と貞淑を提唱してくれた擬似家族の囲いを脱出し、大家と間借り人というビジネス契約の関係でしかない下宿先に身を寄せることで、ロバータは自由と引き換えに、危険を回避し慎みをしつけられた品行方正なお嬢様の進むべき道をまさに「ふみはずす」。ギルピン家の彼女の部屋は、ロバータにとって公的空間に限りなく近い、私的空間の末端を意味する。そして興味深いことに、ロバータ自身も、引っ越したその日にこの状況が意味する中身を理解している。

これらすべてに関係して彼女が思ったのは、実際、これは危ない火遊びで、なおかつ、世間体の悪いことなのではないか、ということであった。というのも、このときは意識的に考えないでおこうとしたことではあったけれども、この家における、彼女の借りた部屋の［独立した］つくりは、最初に彼女が見たときには一番重要であったのだ。そして、このことの重要性を彼女は潜在的によくわかっていた。彼女が進もうとしている道は危険であった。彼女にはそれがわかっていた。(296)

下宿先の部屋が大家の家と完全に独立していることは、ロバータのプライバシーを確保することでありり、それはもちろんクライドの入室を容易に許可してしまうことに他ならない。ニュートン家との別れ（分かれ）はロバータの人生にとって、字義的にも象徴的にも、分岐点を意味する。字義通り、彼女はこの後、グレイスを含め、ニュートン家の人々と会うことはない。そして象徴的な意味において、彼女はもともと所属していた社会集団である安全な家族と同胞姉妹とここで袂を分かつことになるのだ。

グレイスとの別れによって、ロバータがこれまではぐくんできた女性同士の友情は、完全に断ち切られるとは限らないという考えがあるかもしれない。結局のところ、ロバータの職場は女工たちの集団であり、彼女はまだここに自身の居場所を見出すことはできないわけではないのである。確かに工場の職場環境というのは、数人の助手と見習い工と二五人の女の子たちが「まだ縫い付けられていないシャツの襟が束になって流れてくるのと必死で格闘している」場所である（236）。しかしながらここで忘れてはいけないのは、この作業室で監督者としている唯一の男性、クライドの存在である。仮にニュートン家が女工たちが女性同士の友情を育む場所であったとするならば、ロバータの働いているこの作業室は「現場で唯一の男性である」クライドに女工たちが「釘付け」になる女性同士の戦いの場所に他ならない（244）。ギルピン家に移ったロバータが当初、自室へクライドを入れることを拒むと、プライドを傷つけられたクライドは、彼女以外の女工たちにあからさまな関心を寄せる。

今度は、彼はルーザ・ニコフォリッチを肩越しに見ている。低い上向きの鼻でつるりとしたあごを持つふくよかな顔が魅力的に彼のほうへと向けられている。（中略）しばらくして再び、彼はマーサ・ボーダルウのそばへ来た。彼女のふっくらしたフランス人らしい肩と脇のところまでむき出しの腕は彼のすぐ横にあった。（中略）そしてしばらく後に、今度はフローラ・ブラントである。とても官能的で感じの悪いアメリカ人の娘だが、クライドがこれまで時折ちょっかいをだしているのをロバータは見ていた。（307）

クライドのこういった行為によって、ロバータの同僚たちはたちまちのうちに彼女が嫉妬心を感じるライバルとなってしまう。「ああ、なんてひどい、なんて残酷なんでしょう」（307）。この場面におけるロバータの感情は、ある意味、真っ二つに分断されている。一方でロバータはこの種の女工たちを自分とは異なる種類の人間であると考え、「心から（中略）軽蔑している」（307）。しかし実際には、ロバータのクライドに対して抱く感情や、その後彼女が彼に対して実際許容する性的な関係をみるかぎり、彼女の行いは女工たちのそれと大して変わりはしない。もしくは、それよりもっと悪いかもしれない。なぜ悪いのか。先に記した移民の女性メアリーのバッグをめぐるエピソードが示すように、移民の娘たちは、そのあけすけな性格から、少なくとも自分たちが差し出すセクシュアリティとひきかえに物質的報酬を男性から得るだけの要領のよさを少なくとも持ち合わせている。対するロバータは、その「控えめな」性格によって、移民娘ほどの大胆さを発揮することはおろか、そのようなことを考えつきもしないであろう。これではまるで、「タダで寝られる娼婦代わり」として漁色家の餌食になるという、サンガーの指摘する典型コースをたどっていることに等しい。家庭という、退屈だが安全を保障された擬似家族に守られている聖女グレイスからは完全に袂を分かちはしたものの、だからといって、クライドの「言うとおりに自分の身体を差し出すこと」に喜々として応じようとする女工たちが集う擬似娼館でやっていくに十分なだけのしたたかさをもちあわせてはいないロバータは、結局、その中途半端なところで聖女にも売女にもなることができず、したいことと実際にやることの狭間で苦悩することになるのである。

2　ロバータの中絶

ロバータがクライドとの関係を進展させるにあたって躊躇と不安を感じる最大の理由は、当然のことながら、彼女がクライドとの非合法的な性的関係によって妊娠の危険にさらされることを恐れているからである。婚外間の性的関係による女性の望まない妊娠というテーマは、小説内でも、また彼の実生活においてもドライサーにとって重大な関心事であった。[7] ドライサーが描く望まない妊娠のパターンでは、それに直面した女性には平たく言って三つの選択肢が与えられる。①子供を産むか、②中絶をするか、③もしくは死ぬか。ジェニーや、クライドの姉エスタの場合、彼女たちに中絶という手段は思い浮かぶこともない。妊娠発覚の後、ある一定期間、悲嘆にくれてから、彼女たちはシングル・マザーという役割に甘んじることになる。対照的に、ロバータの場合、ドライサーは三つの選択肢のうちの後の二つの間で苦悩するヒロインを描いたということになる。

実際問題、ロバータの悲劇は、彼女が中絶医を見つけることさえできていたなら回避することは十分可能であった。仮にドライサーが、中絶禁止法やコムストック法の影響下にあって、中絶手術を受けることに成功した女性を描くことができなかったとしても、少なくとも彼はこの小説において、当時、法の抜け道がいくつか存在し、場合によってはそれらのうちの一つを選択し、違法とされている中絶を受けることが可能であったことを記している。[8] 具体的には、テクストでは、過去において中絶手術を実際に行ったという医師が二人存在しているが、これらの短いエピソードを検討すると、過去に手術を受けることができた女性たちに対して、手術を受けられないロバータがいかに社会的に所属する場所がない、不安定な地位に身を置いていたかということが浮き彫りとなる。

最初に登場する中絶医はドクター・グレンで、ロバータは彼に手術をしてくれるように頼みこむ。グレン医師は「この種の手術に反対している」田舎医者であるが、「過去十年間に、家族や近隣の者、そして宗教的なことを考慮して、中絶が妥当であろうと思われたときに、良家の娘たちに、彼女たちが犯した愚行の結末の負担を取り除くのに一役買ったことがあった」(422, 416)。もう一人の中絶医は、ロバータの死後、裁判にかけられるクライドの弁護をする弁護士アルヴィン・ベルナップの「かかりつけの医者」であり、この医師は「一、〇〇〇ドルとその他の諸費用」とひきかえに、ベルナップの相手の女性にその手術を行っている(622)。

中絶医への紹介を希望するならば、それはもちろん、当事者である男女の金銭的状況が大きく左右することは間違いない。グレン医師がロバータの懇願を拒絶した後、クライドは次のように思う。「もしお金がたくさんあったなら。数百ドルでも。その金を使って、もしかしたら［ロバータ］に、一人でどこかに行ってもらうように説得して、手術を受けさせるようにできたかもしれなかった」(425)。クライドの切迫した思いは、後に明らかとなるベルナップのケースとちょうど対照的である。クライドと同じく、未婚の女性を妊娠させたベルナップの場合、彼の恵まれた経済的状況によって望まない妊娠は回避できたのである。このようなわけで、これまでの批評家の大多数が、ロバータの望まない妊娠やその後の二人の悲劇を、単純に二人の逼迫した経済状況のためであると片付けてきたのも無理はない。リチャード・リンジマンは、例えば、クライドの境遇を次のようにまとめている。

ベルナップが（中略）［クライド］に対して同情的なのは、彼自身が若い頃に同じような苦境を経験していたからである。しかしベルナップは父親の富により、かかりつけ医に中絶手術をするように説得し、危機を回避することができた。クライドは、経験が浅くて金もないことで、この回避の道をたどることができないのである。(xiii)

もう一人の批評家、フィリップ・フィッシャーはさらに進んだ議論を展開している。「都会においてはあらゆるものが商品である」とするフィッシャーは、クライドとロバータが中絶を求めて街を徘徊する様子を「ショッピング」に見立てている。そして彼らがこの中絶という「商品」を入手できなかったのは、クライドが「世間のことも市場のことも知らないから」であるとしている(133)。確かに、クライドの不運は彼の貧困に加えて無知であったことに原因があるということは否めない。しかしながら中絶問題を扱うにあたり特に留意しないといけないのは、その性質から考えて「中絶」が果たして正規の「商品」として金銭と引き換えに入手可能な類になるのかどうか、という問題である。

『中絶が犯罪だったとき』という本を著した歴史家レズリー・レーガンは、世紀転換期アメリカにおける、かかりつけ医と一般家庭の間でその健康状態をめぐって生じる、経済的、社会的な力関係について興味深い考察を行っている。中絶は公的にはもちろん禁止されていたが、家庭という私的空間における診療が可能である、かかりつけ医という職種の性質上、そういった医者と患者家族の間に生じる親密な絆によって、時として家庭内の領域において中絶手術は可能になったのだとレーガンは述べている。「医療行為を施すことで、医師は家庭生活や女性の日々の暮らしと密接に関わっている」ために、かかりつけ医は必然的に「家庭内の女性たちと交流することで、彼女たちを通して家族全員とごく私的に交わることになるのだった」(68)。家庭内診療は当然、医師と患者の絆を一層強め、時として、公にはできないような家庭内の問題を両者が共有することがあってもおかしくはなかった。レーガンの研究から明らかなのは、医療の市場における中絶の特異性である。不法であるということに加えて、男女の性というきわめて私的で秘密性に富んだこの市場において重要視されるべきなのは、リンジマンが言ったように、必ずしも買い手の純粋な経済力ではない。それよりはむしろ、医師と患者の間で育まれる信頼関係こそが、中絶という「商品」の売買契約をめぐって大きな役割を果たすことになるのである。先のリンジマンは、家族内の不名誉な事態を打開したのはベルナップ家の財力であるとしているが、ドライサーの記述で見逃せないのは、ベルナップのために中絶手術を引き受けたのは、ベルナップの父親が説得した彼らの「かかりつけ医」であったという事実である(622)。表面上はもちろん、現金――「一、〇〇〇ドルと妊娠した女の子をかくまう家に必要な費用」――こそが手術を行ってもらうために必要なものである。しかしこの金銭授受の背後でさらに重要な役割を果たすのが、長年ベルナップ家と交流があったと思われるこのかかりつけ医がこの家族に対して感じたであろう個人的な義務感と、さらには、今後もベルナップ家お抱えのかかりつけ医として期待できるであろう将来の報酬も含めた医師の側の打算である。この意味において、中絶は、定められた価格を支払うことができる不特定多数の買い物客すべてに購買の機会が等しく与えられる通常の商品とは明らかに性質を異にする、特別な「商品」として考えられなくてはならない。

ここで、小説に登場するもう一人の中絶医ドクター・グレンの描写に関してさらに詳細を追って検討する必要があるだろう。道徳を重んじる田舎医者とされるドクター・グレンは、不法な手術によって得られる金銭的利益よりも近所における自分の評判を気にかけている。そしてここでもまた、中絶は請求された価格を払った者なら誰でも購買可能である商品とはならない。中絶は不法であり、よって秘密裏に行われなくてはならないという付加的な要素を持ち合わせる。だからこそ、この商品には単純な物質的報酬だけでなく、「秘密」という代償がつきものであり、それは金銭でその重みが量れる類のものではなく、「家族と、近所と、そして宗教的な考慮」に絡んで、医師と患者が長期間にわたって築いてきた個人的な人間関係こそが重要な役割を果たすことになる。ロバータの訪問の目的を聞いて、ドクター・グレンが何にもまして「この地域における彼の評判が過去に行った彼のいかなる行為に関する噂でいかなる形であれ汚されているのだろうか」と懸念したのは無理もないことである (418)。この可能性に関してドクター・グレンの懸念と不快感を瞬時に感じ取ったロバータは、懸命にもここで「本能的な外交術」を駆使して次のように言う。「ここを何度か通りかかって、こちらの看板に気がついたのです。そして色々な人から、先生が良いお医者様でいらっしゃるというのを聞いたのです」(418)。不法で秘密裏なものを扱うにあたり、それを手に入れるための金だけではなく、外交術も、確かに必要であるだろう。

ロバータの外交術はしかしながらそう長くは続かない。「ルース・ハワード夫人」という偽名を名乗り、後には彼に自分が実は未婚であることを告白してしまうと、ドクター・グレンは警戒心を急速に募らせ、「断固とした、そして冷徹とさえ思わせるような態度」をとることで「彼自身がこのことに関わらない」ようにしようと決意する(420)。ロバータ自身はもちろん知る由もないことであるが、彼女は欲しいものを得るにあたって、完全に場違いなところで要求を行っている。小説の読者は、その過去のエピソードからドクター・グレンが、場合によっては中絶を行ってくれるかもしれないということを知っている。しかし今この場で重要なのは、過去における彼の中絶医としての経験そのものではなく、彼が患者との間で結ぶ私的な絆である。それこそが患者の医療上の安全だけでなく、彼の医師としての職業の安泰を確保できるのである。医師の同情を誘う程度の手ぬるい外交戦略はここではもはや通用しない。医師は、現在だけでなく今後見込める自分の収入の安定がかかっているその地域において、自分の評判を守ることが何より(同情はおろか、多額の報酬より)も重要なのである。そのようなわけでドクター・グレンはロバータに最後に次のように言い聞かせる。

先ほどもあなたにいいましたけれども、ミス……ハワード。こういうお名前ということで聞いておきますけれどもね。私はこの種の手術に関しては心から反対しているのです。（中略）通常この種の手術に医者は関わりたくないはずなのです。十年間、刑務所で過ごしても良いというなら話は別ですけれどね。そして、私はこの法律は決して不当であるとは思いません。(422)

患者の名前がこれほど重要になる診療施設もほかにないであろう。明らかにドクター・グレンは訪ねてきた患者が本名を名乗っているとは思っていない。だからこそ、彼は「ミス……ハワード。こういうお名前ということで聞いておきますけれどもね」と言ったのである。しかしここで重要なのは患者の本名が「ロバータ・オルデン」か「ルース・ハワード」か、ということでもない。（言うまでもなく、患者の訪問目的はその名前に関係なく同じであることにかわりはない）。それよりもむしろ、患者の匿名性こそが、彼の診療所においては最重要問題になる。医者の前で匿名の女性とならなくてはいけないこと、それは、中絶という公的には不法であるものを「入手」しようとするにあたってロバータにとって必然の条件だったわけだが、この匿名性こそが、中絶を「購入」するにあたって、医師と患者の間に成立するはずの売買契約を最初から不可能なものにしてしまう。言い換えるなら、クライドとロバータの中絶を求めての「買い物」は最初から購入場所を完全に間違えたことで、もともと失敗する運命にあったということになる。

ドクター・グレンとのやりとりが明らかにしているように、中絶の売買はその時々の条件に左右されるものである。クライドとロバータの過ちは、二人が「誰が」中絶手術をしてくれるか、という目標設定であったといえるだろう。彼らが探求するべきだったのは「誰が」中絶医か、ということではなく、中絶医は「誰を」診てくれるのか、ということだったのである。その意味において、ドクター・グレンがロバータに行う、「家に帰って両親に会い、打ち明けなさい」という提言は、この状況下においてもっとも適切かつ親切な助言であるといえる(422)。故郷の両親に本当のことを話すよう奨励することで、グレンは少なくともロバータに彼女が所属する階級や集団においてもっともふさわしいとされる解決方法——それが中絶手術を受けることかそうでないかも含めて——を見出すことができる可能性を説いているのである。しかし既に検証してきたように、ロバータは両親から経済的に独立を果たし、都会で自活していて、もはやかつての集団に戻れる立場ではない。法的には確かに彼女は「農夫タイタス・オルデンの娘」であるかもしれないが、心情的にも現実的にも彼女は(少なくとも彼女自身はそう自覚している)、自分と肉体関係を持ち、その子供まで宿しているクライドこそ、自分が所属する対象としてとらえている。オルデン家に戻るというのは当然彼女の選択肢にはない。グレンの助言はロバータには冷たい拒絶としか聞こえず、彼女は診療所の「ドアまでふらふらと歩き」ながら、「将来に対する恐怖の暗雲が彼女の頭上に重くのしかかって」くるのである(423)。

仮に医師による中絶への道が閉ざされているならば、それでもまだ、当時、「貧者や移民の女性たちに」医師と「同じようなやり方で中絶手術を施し」ていたという産婆は存在していた (Reagan 76)。「産婆は医者の半額で中絶手術をやってくれた」という事実も、金銭的に苦しい立場に置かれているクライドとロバータにとっては考えられうるもう一つの可能な選択肢を後押しするのに十分となるのである (Reagan 74)。結局のところ、中絶の価格というのは、恣意的で変動しやすいものということであろう。ここでは、誰がいくら払うかということより、誰が誰に行うかということのほうが、はるかに重要な意味を持っている。言葉を代えて説明するなら、中絶というのは「持つ者」が享受する特権では必ずしもなく、「持たざる者」にとっても、適切な場所で適切な人を見つけさえしたなら十分「購買」可能な「商品」であるのだ。そして実際、この産婆という選択肢に関して、ドライサーは小説内で「このとき、ここライカーガスの外国人家族の居住区に三人いた」のだが、クライド自身はこの産婆が「行っている仕事の内容（中略）に関して（中略）知らなかった」と言及している (399)。このライカーガスの外国人居住区にいるという産婆に関する情報は、工場でロバータと共に働いていたふしだらな移民の娘たちと結びつく。クライドを含め、男性に対して性的なアプローチを積極的に行う彼女たちは、ロバータの消極性とは対照的であるが、彼女たちの行動的な態度の背景にはひょっとすると、この外国人居住区に存在したという産婆から、必要であるならば中絶の手術も得られるという状況があったことが考えられる。ロバータにとって、しかしながらこの産婆を頼るという選択は、経済的には可能でも、心理的には不可能なようである。クライドが「移民系家族出身の女の子の一人と親しくすることで、何かある程度の情報を引き出すことができるかもしれない」のでは、と助言しても、ロバータ自身は「そのように容易な友人関係を築けるような性格ではないし、そこから何も収穫は得られなかった」(429)。工場におけるロバータと移民系の娘たちとの楽しげな付き合いは、かつてはクライドに、ロバータが婚前の性的関係を許容しているとさえ思わせる親密さを醸しだしていたが、これは単なる表面的なものにすぎず、彼女自身の妊娠という、一番知られたくない秘密を打ち明けられるほど親しいものには決してなることはない。

この点は、前述のフィシュキンによるロバータに関する記述を再度振り返ったとき、重要になってくる。ドライサーのジェンダー・バイアスがあったかどうかは別として、どちらにしても、ロバータの「消極的で受身で弱々しい」性格というのは、自分とは所属を異にする他の階級の人々と「容易な友人関係を築ける」タイプの女性ではないことを正当化するのに必要な演出である。「消極的」だからこそ、ロバータは、自分とは階級の異なる女性たちに自分の秘密を打ち明けることができなかったのかもしれない。「受身」だからこそ、中絶手術を得られる最後の可能性としての産婆という選択肢について、移民系の娘たちから詳細を聞き出し、自身が一番望んでいない妊娠を免れるために積極的に働きかけることができなかったのかもしれない。こうしてみると、ロバータの消極的な性格はドライサーのプロット形成において必要不可欠な要素といえるのではないだろうか。いくら不法とはいえ、まったくアクセスが不可能というわけでもない中絶をどうしても受けられない状況にヒロインを追い込むためには、彼女にはクライドの性的欲求には応じるだけの情熱こそあれ、その後始末を自分でつけられるほど行動的であってはならない。かつて聖女と売女の間で揺れ動いたロバータは、今度は医師か産婆かという選択肢の間でまたもや中途半端な状況に立たされ、結局そのどちらも手に入れることはできないのである。

3　父と夫とその間

中絶が選択肢から消えてしまうと、ロバータはついに「自分の命をかけてその邪魔をするものすべてを敵にまわして戦う追い詰められた動物」の状態に陥り(427)、妊娠の責任をとってもらうべく、クライドに結婚を迫ることしかできなくなってしまう。ところがロバータにとって不運なことに、最後の解決策であるかと思われる結婚もまた、グリフィス家とオルデン家という二つの所属集団の間でそのどちらにもつけない中途半端な状態を彼女に強いてしまうことになる。ロバータ自身にとってクライドは「グリフィス家の人として、経済的にはそうでなかったとしても社会的には抜きん出ているとされる若者であり、彼女の立場を同じくする女の子のみならず、彼女よりよほど上の階級の女の子たちにとっても」結婚によって「結ばれるのは大きな喜びである」(449)。しかしクライドにとって話はまったく別であり、ロバータが「生まれる子供に関して何かちょっと言うだけ」でも「まるで頬を叩かれでもしたかのようにたじろぎ、怯んでしまう」ほど、彼女との結婚は計算外である(431)。

字義通り、自分が蒔いた「種」であるロバータの子供に関して、クライドがなぜここまでたじろぎ、ひるんでしまうのか。これを考えるにあたって、ここではクライドが、ソンドラの仲間とともに田舎にドライブに出かけた際、偶然ロバータの父親に遭遇するエピソードを取り上げてみる必要があるだろう。道に迷った一行がたまたまたどり着いた農家の郵便受けには、ロバータの生家であることを示す「オルデン」の文字があり、クライドはこれがロバータの家であることを図らずも知ることとなるのである。このエピソードはある意味示唆的な演出とも言えるだろう。クライドがタイタス・オルデンと直接顔を付き合わせるという設定は、構造上、ショットガン・ウェディングの体裁を彷彿させる。ロバータ本人ではなく、著者であるドライサーによってではあるが、クライドは自分が妊娠させた恋人の父親に「紹介」されるのである。ただしもちろん、ここでの出会いは、父親の側に何の予備知識もなく、だからこそオルデン家にとっては形勢不利な状況設定であることに留意しなくてはならない。目前の若者が自分の娘を妊娠させ苦悩の窮地に陥らせていることなどつゆとも知らないタイタスは、「擦り切れたみすぼらしい上着に、だぶだぶの着古したジーンズと、きめが粗くて薄汚れ、サイズの合っていない靴」といういでたちで、その無防備で無様な格好をクライドの前にさらけ出す(444-5)。タイタスの姿には、家長として、また娘の父親としての権威や、その大事な娘を妊娠させた相手の男性に対して結婚をせまり、銃を突きつけるほどの勢いはまるでない。それどころか、この貧乏くさいいでたちのタイタスの「目元と口が明らかにロバータに似ている」ことで、クライドには、ソンドラとその家族が彼にもたらしてくれるであろう富と幸福との著しい格差を印象付けてしまう結果となる(444-5)。クライドの目にはロバータは貧乏にとりつかれたようなオルデン家の一部としてうつっている。そして、ロバータがいくらクライドの「名前を彼女の子供に授ける」ためにグリフィス家の一員になることを望んでも、彼女の、あるいはより正確には彼ら二人の子供は、クライドにとっては「ロバータが属しているみすぼらしい」オルデン家を象徴している存在でしかない(449, 452)。何も知らなかったとはいえ、タイタスの父権失墜ともとれるこの一騎打ちにおいて、ロバータの所属集団からの逸脱と社会における孤立は決定的である。名実共に実家との絆を絶たれ、父親の無様な様相によってクライドの興味を完全に殺いでしまったロバータは、オルデン家からもグリフィス家からも見放され、そのどちらにつくことも許されない状況へと追い詰められてしまう。

ロバータの夢と現実の格差はここに再び明確である。社会という公的領域において「ミス・オルデン」として認知されているロバータは、私的領域の最たるところである彼女の肉体に、「グリフィス」を名乗るべき子供を宿している。死の直前、ほとんどヒステリックなまでにクライドとの結婚を要求するロバータは、単に社会的な合法性を求めてというよりは、どの集団にも属することの出来ない中途半端なその立場から早く解放され、どこかに所属することを切に願っているのかもしれない。皮肉なことに、彼女はその死後、ようやくオルデン家の娘という社会的地位に戻ることができる。彼女の死の知らせを受けて、タイタスは「私のロバータが死んでしまった！　私の娘が！」と彼女を定義している(536)。タイタスの叫びは二重の意味で皮肉である。すでにこれまで検証してきたことをふまえるならば、彼の娘としてのロバータは、既に象徴的な意味において段階的に何度も「死んで」いた。それはまず、彼女が女工として自活の道を進み始めたとき、そして次には法的な拘束力はないとはいえクライドの「女」となり、彼の子供を宿したとき、そして最後に、そのクライドに対して娘の父親としての権威を発揮することができなかったとき、といった具合である。そして、娘ロバータの死は、ジェニーが妊娠したときにゲアハート氏によって「もはやおまえは私の娘ではない」と通告されたのと丁度正反対の体裁をとってもいる。なけなしの父権をふりかざしながらも自ら娘を追い払おうとするゲアハート氏とは対照的に、タイタスは自ら父権を放棄していたことで、娘を象徴的に「殺して」いたのである。

与えられる選択肢や所属しうる集団から常に孤立し、中途半端な状態に陥っていたロバータにとって、その死はある意味必然のものとして提示され、それこそが著者であるドライサーのプロット形成の手腕が発揮されたところであるといえるかもしれない。そして彼女の死が必然であるということはすなわち、彼女の死の責任は、小説内で法的にも社会的にもそれを問われることになった相手の男性クライドだけが負うべきものというよりは、彼女自身にもあったということを裏付けることでもある。ロバータは決して主人公クライドの性的欲求を満たし、彼の犯罪を誘発するためだけに描かれた存在ではもちろんなかった。小説において、彼女には彼女のたどるべき道があり、そこで時折示されるいくつかの選択肢を前に、彼女は常に迷い、躊躇し、そしてどっちつかずの状態で苦悩する。その結果、提示されていたにもかかわらず、彼女はどの選択肢も取ることなく、周縁部へと追い詰められるのである。ある意味、常に社会における居場所から身を追われるロバータは、自身の死に直面するまでに何度も、社会的な抹殺をそのつど体験させられていたと言えるかもしれない。その意味において、『アメリカの悲劇』はその中心人物として描かれるクライドの悲劇だけでなく、ロバータ自身の、独立した悲劇をもその小説に内包しているといえる。

労働者階級の貧しい娘ロバータの悲劇を描くドライサーの視点は、彼女を単に同情を寄せるべき人物として一面的な見方はしていない。むしろ、犠牲者であるとはいえ彼女自身の責任を指摘してもいる。ロバータの死を唯一現場で目の当たりにしていたクライドがその罪を裁かれる小説の後半部分において、クライドの母親、グリフィス夫人が、ロバータの責任に関して言及している。その死後、殺人者として厳しく非難にさらされるクライドとは対照的に、とかく感傷的な同情を一心に集めるロバータの扱われ方に、「イヴのような賢智でもって」この女性は疑問を投げかけている。「クライドが殺したとされるこの女の子……この子はどうなのかしら？　彼女もまた罪を犯したのではないのかしら？　彼女はクライドより年上ではなかった？　新聞にはそんなふうに書いていたけれど」(781)。もちろん、クライドの母としてグリフィス夫人の見解は当然世間から非難を浴びるクライドをかばう側にあることを忘れてはいけない。とはいえ、彼女の見解は、クライドのみが責められるべき対象ではないとする著者を、ロバータと同じ女性の立場から代弁している意味において、それなりに重要である。「［ロバータのクライドへの］手紙ににじんだ悲しい調子に心を揺さぶられ、またオルデン家をおそった悲しみに対して心から遺憾の気持ちを感じながら」、それでもグリフィス夫人は息子の誘いに対し、固い意志で阻止しようと思えばできたものを、「どうしてロバータが応じたのか」、疑問を禁じえない(781)。グリフィス夫人の疑問は、男女の力関係において常に女性が弱者の立場にあるという前提ではないという点がここでは重要である。彼女はロバータを男女の性差を越えた一個人として、目前の選択肢に対してただ躊躇するだけでなく、自分で選ぶという主体性が発揮できる機会がなかったわけではない、ということを問題にしているのである。意思の「強い（中略）女の子なら、応じなかったはずだ」とグリフィス夫人は思う(781)。快楽を享受するための性行為の結果として起きる妊娠は、それに従事する男女のうち女性にのみその負担を強いるという意味において女性は確かに弱い立場にあるかもしれない。だがあえて、グリフィス夫人は自身で制御しがたい妊娠という生理現象によって苦悩する可能性がある女性こそ、自分自身をその危険から守るために、自分で決断する「強い」意思が必要なのではないかと言っているかのようである。ロバータの悲劇は、選択肢を前に常に決断力が欠けていて、その中途半端な状態で揺れ動く、その行為そのものが原因になっている。そしてこの悲劇や、その潜在的危険性は、彼女と同じ境遇にあるその他の女工たちにも通じることなのかもしれない。

ロバータの悲劇は、それ自体は緻密に描写されていたとはいえ、最終的にクライドの責任を追及する小説の後半部分において、世論が過度の感傷によって既に死んでしまったロバータに対して同情の感を強めるなか、対するクライドへの非難が高まるうちに、読者の中ではその印象が薄いものとなってしまっている。これには、ヒロインとしてのロバータがこの長編小説の前半部分でのみ登場し、後半部分においては黙して語らない死者となってしまったプロット設定が大いに関係していると思われる。だが少なくとも、ロバータ・オルデンの小説における存在は意義あるものだったといえるだろう。彼女は、人の性が、制度と生殖の狭間にある問題であるということを体現するヒロインだったのである。

注

(1) ナンシー・バリノーはキャリーのおそらくは計画的であろうと思われる不妊に関して言及している唯一の批評家である。彼女はこのことに関して、ドライサーが当時の検閲に配慮して、キャリーの不妊に対する説明を伏せたのではないか、と考える。

推測ではあるが、キャリーは（中略）長期にわたる男性との性的関係を二度もっている。しかし小説を書いていた当時、ドライサーは小説の中身に対して他の者が色々と口を挟む検閲の程度こそあれ、小説を刊行したいという思いから、自分自身でもずっと厳しくその内容に関して意識的だった。避妊方法に関する言及はないし、キャリーは妊娠もしないどころか、するかもしれないという心配さえ明らかにしているふうではない。(Barrineau 1995b, 57)。

(2) ドライサーとサンガーはこの会議の協賛者となる前から関係があったようである。一九一〇年に「無政府主義者やその他の急進主義思想家たちによって設立された」ニューヨークのファラー・センターで、二人は夜間コースを受け持っていた。ドライサーは作文のクラスを担当し、サンガーは「性と家族制限について」講義をしていたという。(Chesler 101)

(3) キャリーの性的関係に関して完全に沈黙に徹しているのに対し、『ジェニー・ゲアハート』と『アメリカの悲劇』におけるドライサーの大胆で直接的な表現は驚くに値する。レスター・ケインがジェニーに対して自分の愛人になって欲しいと「プロポーズ」するとき、ジェニーはただちに「彼とのそのような関係は彼女にとって再び母親になる可能性を意味した。悲しい子供の誕生を経験しないといけないのだ」と懸念する。そしてレスターに対し、彼女は「子供を作ることはできません」とはっきり伝えている。これに対してレスターは自信をもって、彼女には「問題が起きることはないようにする」と、ジェニーの妊娠の危険を回避するために何らかの避妊の手立てがあるようにほのめかしている（158）。バリノーの論ではこの部分を掘り下げて考察している。『アメリカの悲劇』でも、ドライサーはクライドとロバータがどうして避妊できなかったのかということに関して言及している。二人が頼りにした避妊方法として、ドライサーは「クライドとロバータ両方の経験不足のために」、二人は「もっとも簡単でほとんど満足な結果が得られるとは思えない」やり方しか知らず、それは「日を数える」というものだったとしている（382-3）。

（4）実際、この小説において主人公のクライドの相手役としてヒロインと呼べるのは誰なのか、というのは難しい問題である。『陽のあたる場所』というアカデミー賞を受賞したこの小説の映画化作品においては、エリザベス・テイラーがソンドラに相当するアンジェラ役でヒロインとして登場し、対するロバータ役（映画ではアリス）のシェリー・ウィンターズと比べても目立つ存在となっている。

（5）スーザン・ウォルステンホウムもまたドライサーが「最初の二作品において女性への共感をこめた描写に徹したが、後には大著となる作品において妊娠した女性を殺した人物に同情を寄せている」ことを指摘し、この対照的な扱いを「ドライサーの実生活と作品におけるパラドクスである」としている（244）。

（6）グレイス・マーはソンドラ・フィンチェリーの父親所有のフィンチェリー掃除機会社の工員として働いている。グレイスがロバータとまるで「姉妹」のような関係にあると考えたとき、ソンドラとグレイス／ロバータの間に生まれる雇用者と従業員の関係はさらに明確となり、クライドがその両者の間で揺れ動くという構図が浮き彫りになる。

（7）リチャード・リーハンの分析によれば「非合法的な妊娠」は「ドライサーが実姉の不埒なふるまいに随分

と恥ずかしい思いをした当時からの彼の懸念事項の一つであった」(151)。

（8）『アメリカの悲劇』出版の一年後に発表された短編「台風」においてドライサーは保守的な娘の望まない妊娠を再び描いている。この作品では、妊娠したヒロインのアイーダが結婚を拒絶する恋人のエドワードを殺害するという筋書きになっている。この作品においてもドライサーは非合法的出産を避ける確実な方法として中絶が受けられる可能性について、妊娠を知らされたエドワードの独り言の中で示唆している。「女の子たちが簡単にこのような状況から逃れられた多くのケースを彼は知っていた。まずは何かないか、考えてみよう」(556)。この短編を「『アメリカの悲劇』のしめくくり」であると位置づける批評家ジョン・マカリアーは、「社会はロバータやアイーダのためにできることはあっても、彼女たちが必要としていることを理解することはできない」ということをドライサーは示したかったのだと指摘する(146)。

終　章

五人のヒロインの妊娠プロットと彼らそれぞれが生きる社会との関わりを考察することで、本論では、彼女たちの姿を、家族制度における娘と母という二つの役割にあてはめて論じてきた。

『無垢の時代』のヒロイン、メイ・ウェランドは、小説の冒頭部分では一見、純真無垢な乙女として登場するが、自身の妊娠を戦略として利用し、従姉と恋に落ちる夫をひそかに取り戻そうとする。妻が夫の子供を宿すことで家庭を維持しようとするメイの行為は、単に旧来の社会制度が課す制約を逆手にとった古典的やり方ととらえられなくもない。しかし、メイのもつ力は、テクストの表層部で機能する家父長制社会の裏側に実は張り巡らされている母系社会のネットワークの断片を拾い集めてみると次第に明らかとなる。そして、このことは、母—娘の関係が、父—娘、あるいは母—息子の関係に比べると最も存在が希薄で、否定されてきたものであったという西洋の文学ディスコースの伝統を振り返ったとき、かなり特異な現象であることを述べておかなくてはならないだろう。エイドリアン・リッチの言葉を借りるならば、人間の悲劇の偉大な具体例として私たちはリア王（父—娘の分裂）、ハムレット（母と息子）、そしてエディプス王（息子と母）を認識する。しかし、母と娘の間に存在する情熱を認識しているものはない。（237）

西洋文学の伝統においてこれまで母—娘関係というのがおろそかに扱われてきたというのであれば、それをテーマに掲げた作品としてウォートンの『無垢の時代』は希少価値のある作品ということができるだろう。しかし、ここでも母娘というテーマは小説の主人公であるメイの夫、ニューランド・アーチャーを主軸にすえた物語の裏側に見え隠れするレベルに留まっている。母系ネットワークの力の源は、言語中心主義（ロゴセントリズム）に支配される男性中心社会とは対照的ないわゆる「原始的」といわれる社会にあるといえるかもしれない。制度上「書く」ことへのアクセスを制約されてきた女性たちは、伝統的父権社会のもと、自己表現するにあたり自身の身体にその可能性を求めざるを得なかった。メイの物語として『無垢の時代』を読むとき、書かれた文字や言葉の裏側に広がる身体的自己表現を母系ネットワークの強固なつながりに見出すことができるのである。

『国の風習』のヒロインであるアンディーン・スプラッグは、自身の利便のために母としての立場を利用する点においてメイと類似している。このことは特に、彼女の息子が自殺した彼女の最初の夫の財産を相続することで、アンディーンがフランス貴族と結婚できるようになるその経緯に顕著である。しかしながら、母親としての役割をあまりにうまく演じきるメイと異なっているのは、アンディーンが母性に関係するあらゆるもの――妊娠、出産、育児――に嫌悪感を抱いている点である。妊娠と出産に対する過剰なまでの恐れと、そして自身の息子に対する無関心は、彼女の強い結婚願望とはあまりにも対照的で矛盾しているようにさえもみえるが、これは前述のリッチが定義する「母になることへの恐れ」としての「マトロフォビア（matrophobia）」の現象と関係があるかもしれない。結婚（matrimony）願望と母性（maternity）嫌悪という相反する二つの感情は、アンディーンが私利のために賞賛してやまない家父長制社会における父娘の相互依存にその原因が見出すことができる。自身の父親との親密な関係と、結婚において父親代理を求めようとする彼女の傾向に着目しながら、本論では『国の風習』を父の娘としての自身の立場に固執する女性の物語として読み解いた。

本論のテーマにふさわしいウォートンの小説として取り上げた中編小説『夏』は、田舎の貧しい少女が、その激しい感情と上流階級への憧れが転じて身分違いの恋を体験し、望まれない妊娠へといたるその過程が、本論で扱ったウォートンの小説三点の中ではもっともドライサーの作品傾向と類似しているといえるだろう。「お上品な伝統」に則った作風で知られるウォートンだが、この作品には彼女の内に秘めたラディカリズムをみることができる。本論では、ヒロインの妊娠に着目することで、お定まりの娘の結婚で幕を閉じる旧来のプロット形式に新たなひねりが加えられた作品として『夏』を位置づけた。仮にアンディーンの「マトロフォビア」が、娘としての自分の地位を手放すことへのささやかな抵抗を意味しているとするならば、『夏』のヒロイン、チャリティ・ロイヤルはその一枚上手をいっている。彼女は自身が母親になることを選択する一方で、同時に自身の後見人である養父のもとに留まり、彼にとっての「娘」であり続けようとするしたたかさを持ち合わせる。「母」と「娘」という二つの身分が交差するところに位置づけられた彼女の妊娠は、そういうわけで物語の展開において見過ごすことのできない、重要な鍵になっているといえる。

古典的ともいえるマリッジ・プロットの形式を踏襲する中に女性の妊娠・出産という生物学的リアリズムを組み込むウォートンのスタイルには、当時流行していた文化人類学のディスコースの影響が垣間見えるという見解も存在している。実際、人類学者であるブロニスロウ・マリノウスキーと個人的に親しくしていたという伝記的事実も含めて、ウォートンのこの分野に対する関心はそれなりに批評家の注目を集めてきた。デイル・バウワーは、『国の風習』や『無垢の時代』といった作品でウォートンが言及している文化人類学用語を指摘し、ニューヨーク上流貴族界でとり行われる数々の儀式めいた活動を描写するにあたって、彼女が「原始的なる文化と文明化された文化という二項対立を切り崩す」ことに心を砕いていると賞賛している (9–10)。バウワーはまた、ウォートンが「高度に文明化された」社会を文化人類学的に描写していることが、マーガレット・ミードやマリノウスキーなどの学術研究に先んじるものであるとも述べている (11–12)。しかし、文化人類学へのウォートンの関心というのは、彼女の作品のところどころに見出せる細やかな描写を分析するまでもなく、作品全体を貫いている彼女の思想的前提に見出すことができる。すなわち、女性の生物学的性質というのは、常に文化的構築物である結婚制度という枠組の中に収まっているという思想である。そしてこの、自然と文化の合間でゆれる人間のあり方を追求した学問である人類学こそが、ウォートンのプロット設定に影響を与えていると言えるのである。例えば、『親族と婚姻』においてロビン・フォックスは、婚姻に関する彼自身の研究に関して「四つの原則」を掲げている。

原則一　女性が子供を生む。
原則二　男性が女性に妊娠させる。
原則三　普通は男性が統制をとる。
原則四　第一次親族同士は性関係を持たない。(31)

これらの原則において注目すべきは、最初の二つの原則が出産に関係していることである。言葉にするとあまりにも単純に聞こえかねないが、フォックスは、これらの原則を通して、文化人類学の分野において女性の出産（自然）と婚姻契約（文化）が互いに分かち難い相互依存関係を保っていることを指摘している。それならば、女性の結婚（ここでは男性ではなく、女性の、という点を特に強調したい）プロットを常に中心的テーマとして扱うウォートンが、文化的産物である婚姻を重要視する際に、女性の性と生物性に対し同様に重きをおいているのも、もっともな話といえるだろう。

それでも、ウォートンの物語設定は、少なくとも表面上は、文化人類学的ディスコースに基づいた求愛と「適切な」結婚という大枠の内におさまっている。婚外妊娠を描いたということで彼女の作品にしてはラディカルだと評される『夏』でさえ、望まない妊娠の打開策としてヒロインは結婚という選択を受け入れて、話の幕が閉じられている。それに対して、ドライサーの女性の妊娠の扱いはもっと直接的であり、非情である。彼にとって重要なのは、女性性が位置づけられている生殖と制度の狭間そのものである。ドライサーはこの問題を前景化するにあたり、プロットとして、非合法的妊娠を作中に挿入する。ヒロインたちが社会で困難に遭遇するのを余儀なくされる設定にすることで、彼は、女性の生殖機能がもつ潜在的悲劇性を限りなく強調する。ある意味、女性の妊娠・出産をめぐるウォートンとドライサーの扱い方の一番大きな差異は、前者が、文化人類学者のように婚姻の契約という枠組みの内部で、この女性性を取り扱うのに対し、後者は、入念なプロット設定の時点で、当事者であるヒロインを結婚の枠組から除外し、自然（生殖）と社会（制度）の狭間で彼女が直面する矛盾そのものを強調しようとしているところであろう。

ドライサーは、社会的弱者の立場におかれる女性を描くことにおいて卓越していたとはいえ、そのデビュー作である『シスター・キャリー』は、父親的男性の庇護から逃れ物質的成功へと導かれるキャリーにではなく、彼女に捨てられる立場の男性ハーストウッドに力点をおいて描かれている。それでも、ドライサーを当時としては例外的に女性擁護派であったと評する批評家たちは、キャリーの描かれ方にいくぶんフェミニズム的思想の萌芽が見られること、そして、そのことが、その後の彼の作品において、特に労働者階級の女性が直面する社会的問題を強調するきっかけになったと考えているようだ。[1] 小説家になる前、駆け出しの記者だったドライサーが女性雑誌に掲載していた記事を集めた書『エヴリ・マンス』の編者であり批評家でもあるナンシー・バリノーは、中流階級の女性読者を対象に書いた彼のコラムから、彼が「女性たちが家庭内で得られるもの以上のものを必要としていると主張している点で、シャーロット・パーキンズ・ギルマンのような十九世紀後半を代表する女性作家たちと意見を同じくしていた」と主張する (Barrineau 1996, xxxiii)。『エヴリ・マンス』からの記事の中には確かに女性に対する彼の比較的リベラルととれる立場が明白に示されているものがある。例えば、

ニッカボッカーを履いても良いですか？　ブルーマーを履いても良いですか？　自転車に乗っても良いですか？　投票に行っても良いですか？　タバコを吸ってもいいですか？　あらゆる科学、芸術を学んでも良いですか？　結婚しなくてはいけませんか？　彼女たちはもうおうかがいをたてる必要などないのです。おやりなさい、なんでもやりなさい。ただし、過去にしが

みつくことだけはせずに。無視をきめこむふりをしないで。ただ、やれば良いのです。(30)

当時としては十分に急進的なこの内容には、ドライサーの幾分フェミニズムに傾倒した思想がうかがえないだろうか。女性が、母として、妻として、そして娘として家庭内の領域に押し込められるべきであるという考え方に異論をとなえるというのは、十九世紀末にはまだ稀有であった。特に興味深いのが、「結婚しなくてはいけませんか?」という問いかけである。このような質問は、ヒロインの結婚がいつの場合も大前提であるウォートンならば考えも及ばないか、もしくは考えたとしても明言するのは差し控えたのではないだろうか。結婚制度そのものを疑問視するドライサーの手にかかれば、キャリー・ミーバーからロバータ・オルデンまで、ヒロインは皆、結婚を最終手段として選択するという可能性を最初から排除された状態に置かれた上で描かれていく。

キャリーのような「新しい女性」の台頭を祝福する一方で、ドライサーはまた、こういった女性たちが男性との、いわゆる「結婚を前提としない」性的関係をもつことで、社会的に不安定な身分に置かれることになるということにも敏感である。自分の身体に対する適切な知識をもたないために、こういう女性は早かれ遅かれ、非合法的妊娠の可能性という問題に直面する。そういう意味で、キャリーが特に何の口実も与えられず物語の最後まで不妊の状態を保てているのは決して偶然ではない。妊娠という可能性そのものを封印せずして、彼女の成功はありえない。

生殖と制度のはざまで苦悩する女性描写に対するドライサーのリアリズム追及は『ジェニー・ゲアハート』と『アメリカの悲劇』の二作品において特に見出すことができる。『シスター・キャリー』の酷評以降、ドライサーの女性描写は保守化し、キャリーとは対照的に受身で社会的弱者に甘んじるといった、当時の規範により沿うような女性像を描いているというのが一般的な見方である。このことは特に『ジェニー・ゲアハート』において顕著であり、キャリーとジェニーはそういう意味で対極に位置するといえるのかもしれない。ドライサーの女性描写が第一作目と二作目でこれほどまでに変化したことの理由として、批評家たちの中には、キャリーに対する当時の世論の反発を受けて、道徳的に性的規範を逸脱しているとされる女性を罰するようにドライサーはせざるを得なかったと考えた者もいる。しかしまたその一方で、男性の性的対象となる未婚の女性は、もともと社会的弱者の立場に置かれるということこそ、ドライサーの強調したかった点だとも考えることができる。つまり、かつて彼自身、雑誌の記事で推奨したような「新しい女性」のライフ・スタイルを選択すれば、彼女たち、特に貧しい女性たちは、不利な立場に置かれる可能性があるということが、キャリー以降、ドライサーが問題にした点だったといえるだろう。当然のことであるが、婚外間における男女の性的関係は、望まない妊娠、中絶、非嫡出子の出産という、すべて女性の身体と社会的身分の変化に関わる問題の可能性をはらんでいる。ドライサーは、制度と生殖のはざまで揺れる女性と、さらに、その事実の生き証人となる非嫡出子にも焦点をあてた。

婚外間の性的関係によってもたらされる妊娠と出産は、結果として、父、母、そして子供からなるいわゆる制度上の「家族」における個々の役割を幾分恣意的なものにしてしまうかもしれない。家父長制の社会における制度化された家族において、核となる男と女はそれぞれに制度的に合法化された夫と妻としての役割をあてがわれており、その間に生まれる子供たちもまた、彼らの息子たちと娘たちとして社会に合法的に容認された存在である。言うまでもないことであるが、ここで考慮しなくてはならないのは、必ずしも制度が生殖に先んずるという保障はどこにもないという事実であって、仮に妊娠した女性が宿す子供に社会的に認められる父親の存在がない場合、この子供は、生まれた際には私生児として、社会的に父親不在の、つまりは適切な所属場所を持たない、という扱いを受ける。制度より生殖のレベルで、母親であることが子供が生まれる前でさえ誰の目にも明らかであることを思えば、父親であることというのは、生殖より制度によって認知されるという意味において、少なくともドライサーが作品を執筆していた当時、不可視的なものであった。『ジェニー・ゲアハート』では、制度上の家族における個々の役割の恣意性を読み込むことができる。娘としてのヒロイン、ジェニーをとりまく一家族の成立から崩壊までを描いた物語としてこの小説を読むとするならば、そこには、家族内での人々の役割の複雑性から家族制度そのものを疑問視する視点を見出すことができるだろう。

極貧の家庭に育つ未婚女性のジェニーは、結婚の口約束を交わした直後に死んでしまった男性の子供を妊娠し、結婚制度に組み込まれない。しかしながら彼女は従来の家族制度の周縁部分においやられるのではなく、自身をとりまく環境の中で柔軟に対応しながら、自身と周辺人物に対し、個々にあった家族役割を状況に応じて課していく特異な存在として描かれているのが特徴的といえるだろう。あるときには母親として、あるときには娘として、そして妻として、家庭の内外でジェニーの役割は多岐にわたっている。『シスター・キャリー』後、その女性描写に大胆さを失ったと評されてきたドライサーの二作目『ジェニー・ゲアハート』には、結婚を機に娘から妻、そして母へと活動範囲を家庭内に限定された中で決められた一つの役割をこなすことのみに従事する女性、という旧来のヒロイン像に対する挑戦を読み込むことができる。

両極端な選択肢を迫られ、そのどちらも選択することを許されず死ぬ運命にあるのは、『アメリカの悲劇』におけるロバータ・オルデンである。期せずして結婚の制度からはみ出たところで妊娠したがために、家族制度そのものから除外される運命をたどるこの女性は、ドライサーが描いた中ではもっとも悲劇的なヒロインであるのは間違いないだろう。悲劇の根底にあるヒロインの望まない妊娠は、結果的に彼女と、彼女の恋人であり殺人者であるクライド・グリフィスをもまた死へと追いやっていく。物語は、主人公のクライドの悲劇として読まれることが多いのだが、その一方で、なぜロバータは望まない妊娠のために自らの命まで犠牲にする必要があったのか、ということに関して批評家が関心をよせることはまれである。婚外間の性的関係において、当然のことながら妊娠のリスクというのは十分に予見されうるべき結果であるならば、この作品をロバータの悲劇として読むとき、それは必然的に、世紀転換期のアメリカにおける中絶論争の歴史的、文化的文脈に密接に結びついており、それ故に、この物語はセックスと中絶に関する当時のディスコースと切り離しては考えられない。

生物学的に「娘」から「母」になるという自身の妊娠について、それぞれの女性がどのように受け止め、対応していくかというのは、物語の設定や展開の仕方によって当然のことながら異なっている。母親という立場を何の疑問も持たずに享受する者もいれば、ためらいと制度への疑問を抱きながらも甘んじて受け入れる女性、また、自力ではどうすることもできない生殖の運命に抗おうとする者など、ヒロインの個性はさまざまであり、またそこに二人の著者の、制度やジェンダーに対する考え方の差異が見受けられたりもする。アンディーン・スプラッグ、チャリティ・ロイヤル、そしてジェニー・ゲアハートはそれぞれの小説においていわゆる主人公として描かれているのに対し、メイ・ウェランドとロバータ・オルデンは厳密には主人公の妻、もしくは恋人の一人として、脇役的立場の女性たちであり、その意味でも、本論で扱った女性五人は、同列に並べて論じる際にそれぞれの立場の違いがみとめられる。しかしながら、差異こそあれ、本論で取り上げたヒロインの「妊娠」という生物学的身体変化は、ヒロインの長い人生における一つの節目以上の役割を担っているという点では共通している。それは、テクスト内に挿入された明らかに政治的意図をもったプロットとして存在し、男性と女性、個人と社会、そして自然と文化の社会的関係を問題化している。

「はっきりわかっていたわけではなかったけれど、私は彼女に知らせたわ。そして、私は正しかったのよ！」そう言ったメイの目は勝ち誇ったように潤んでいた。（『無垢の時代』270）

「かわいそうに、どうしたんだい？」（中略）答える代わりに「アンディーン」はクッションに顔をうずめ、泣き始めた。（『国の風習』117）

チャリティは自分の子供の未来を思った。すると涙がひりひりする目にあふれだし、顔をつたって落ちた。（『夏』170）

朝起きると、「ジェニー」は泣きたくなる気持ちをこらえきれずにいた……ゲアハート夫人は彼女の目が濡れているのに気がついた。（『ジェニー・ゲアハート』80）

「私はこんな状態になりたいなんて思ったことはなかったし、あなたがいなければこんなことにはならなかったんだわ……」「ロバータ」は話すのをやめた。抗議することのストレスが彼女の疲れ切った神経に堪えた。彼女は泣き始めた。その泣き方は神経質そうだったが、激しすぎるということもなかった。(『アメリカの悲劇』434)

妊娠が主要なプロットの一つであるウォートンとドライサーの小説において、ヒロインにとって妊娠は決して幸せな出来事としては描かれることはない。その証拠に、ヒロインたちは、それぞれ異なる立場や社会的地位にありながらも、一律に、小説内における妊娠発覚時には途方に暮れ、涙を流す。もちろん、小説における登場人物の涙が時として感傷の象徴として機能することは多々あるとはいえ、ウォートンとドライサーの小説において、そこに殊更の抒情性が入りこむ余地はない。かわりにあるのは、「妊娠」という事実がもたらす切迫した緊張感、すなわち、後戻りすることができないという状況であり、それはテクスト内でそれを経験する「母」としてのヒロインと、テクスト外の読者たちが共有する一つの事件でもある。後戻りすることができないのは、ヒロインの妊娠が、一人の新たな母親を生み出すと同時に、一人の人間の誕生を必然的に意味するからであり、それは、テクストの外側にいる読者全員がかつて体験した、生物学的プロセスでもある。それゆえに、妊娠は、たとえ小説内とはいえ、プロットして組み込まれたならば、それなりの真実味と深刻さを持ち合わせている。

立場も価値観もまったく異なるとされてきた、ウォートンとドライサー、二人のアメリカ小説作家の作品を、妊娠する女性を焦点にあてて読み解いたとき、それぞれのヒロインの直面する問題や解決方法はもちろん、作家や作品内容によって異なってはいるものの、彼女達が経験する生物学的な身体変化は一様に、政治的なメッセージを持っていることに気付かされる。それは、男性と女性、個人と社会、そして自然と文化という様々な二項対立の狭間の矛盾点を我々読者に問いかける、作品内でも重要なプロットの一つということができる。

注

（1）ドライサーに対するフェミニストの見解は実のところ両義的で、時として二極分化している。バリノーに代表される批評家たちはドライサーの女性描写の内容から、彼を「フェミニスト」と定義しても良いような側面があると考えている。その一方で、スーザン・ウォルステンホウム、シェリー・フィッシャー・フィシュキン、そしてアイリーン・ギャメルなどは、ドライサーの作品内で時にはあからさまに、時には示唆的にのぞく彼のジェンダー・バイアスを指摘している。一人の作家のスタンスをめぐってなぜここまでその見解が二極分化するのか、その答えの一つを提供してくれていると考えられるのが、ロバート・ペン・ウォレンが自著『ドライサーに捧ぐ』の冒頭部分で著したドライサーをうたった詩である。

時として彼は、一般市民のおかれた状況を思って涙した
だが彼は女に対して最低だった
女を愛したことなどないよ、と彼は言った
母さんは別だけど。その破れて朽ちた靴を
子供時代、彼は胸に抱きしめたことがあった。
可哀想だと思って。(6-7)

女性に対するドライサーの同情心は、彼の母親への個人的な感情からくるものなのかもしれない。その一方で、女たらしとして名を馳せた彼の性癖は、当時の男性中心社会におけるジェンダー・ディスコースの産物ととらえられるかもしれない。

あとがき

本書は、二〇〇二年に大阪大学大学院文学研究科に提出した博士論文、*Mothers and Daughters: Reproduction Issue in the Works of Edith Wharton and Theodore Dreiser* の内容を日本語に書き直し、大幅に加筆修正のうえ、完成しました。学位授与から十年以上を経て、ようやく研究成果として形にするタイミングを自ら見出すことができました。

論文の執筆に際しては、多くの方々からご助言と励ましを頂きました。

私が七年間在籍した大阪大学大学院時代にお世話になった先生方には、審査論文の査読のみならず、そこに至るまでのあらゆる論文に目を通していただき、ご指導を賜りました。故藤井治彦先生、石田久先生、玉井暲先生、服部典之先生、ポール・ハーヴェイ先生、ここに改めて、心より御礼申し上げます。また、当時、同じ研究室で学んだ院生の先輩、後輩、そして同級生の皆さまに対しまして、貴重な学びの時間を共有できたことをありがたく懐かしく思う次第です。特に、同じ年に入学した同期生の川島信博さん、三浦誉史加さん、同じ京都在住のよしみで仲良くさせて頂いた後輩の桐山恵子さんには、今日まで続く親交に改めて感謝いたします。

また、私の出身大学である大阪外国語大学（現　大阪大学外国語学部）にて、私をアメリカ小説の世界へ導き、大学院進学を勧めて下さった渡邉克昭先生。進学先の大阪大学大学院で、英語のテクストに真正面から向き合い、読みこむことを徹底的にご指導下さった森岡裕一先生。お二人の先生方に出会えたことに、昔も今も変わらない心からの感謝をこめて。ありがとうございます。

なお、今回の出版にあたり、音羽書房鶴見書店の山口隆史さんには大変お世話になりました。ここに謹んで御礼申し上げます。

吉野　成美

二〇一七年二月

参考文献

Ammons, Elizabeth. "Edith Wharton and Race." Bell 68–86.

——. *Edith Wharton's Argument with America*. Athens: The University of Georgia Press, 1980.

Barrineau, Nancy Warner. Introduction. *Theodore Dreiser's Ev'ry Month*. By Theodore Dreiser. i–xl.

——. "'Housework is Never Done': Domestic Labor in *Jennie Gerhardt*." Ed. James L.W. West III. *Dreiser's Jennie Gerhardt: New Essays on the Restored Text*. Philadelphia: University of Pennsylvania Press, 1995a. 127–135.

——. "Recontextualizing Dreiser: Gender, Class, and Sexuality in *Jennie Gerhardt*." 1995b. Gogol 55–76.

Bauer, Dale M. *Edith Wharton's Brave New Politics*. Madison: The University of Wisconsin Press, 1994.

Bell, Millicent, ed. *The Cambridge Companion to Edith Wharton*. New York: Cambridge University Press, 1995.

Boose, Lynda. "The Father's house and the Daughter in it: The Structures of Western Culture's Daughter-Father Relationship." *Daughters and Fathers*. Ed. Lynda E. Boose and Betty S. Flowers. Baltimore: The Johns Hopkins University, Press, 1989. 19–74.

Brodie, Janet Farrell. *Contraception and Abortion in Nineteenth-Century America*. Ithaca: Cornell University Press, 1994.

Chesler, Ellen. *Women of Valor: Margaret Sanger and the Birth Control Movement in America*. New York: Simon & Schuster, 1992.

Cixous, Hélène and Catherine Clément. *The Newly Born Woman*. Trans. Betsy Wing. *Theory and History of*

Literature Series 24. Minneapolis: University of Minnesota Press, 1986.

Coxe, Louis O. "What Edith Wharton Saw in Innocence." *The New Republic*. 27 June. 1955. Rpt. in *Edith Wharton: A Collection of Critical Essays*. Ed. Irving Howe. Englewood Cliffs, N.J.: Prestice-Hall, 1962. 155–161.

Dreiser, Theodore. *An American Tragedy*. 1925. New York: Signet Classic, 2000.

——. *Theodore Dreiser's Ev'ry Month*. Ed. Nancy Warner Barrineau. Athens: The University of Georgia Press, 1996.

——. *Jennie Gerhardt*. 1911. Ed. James L.W. West III. Philadelphia: University of Pennsylvania Press, 1992.

——. *Sister Carrie*. 1900. Ed. Donald Pizer. 2nd ed. New York: Norton, 1991.

——. "The Great American Novel." *American Spectator: a Literary Newspaper*, vol. 1. December, 1932. 1–2.

——. "Typhoon." *The Works of Theodore Dreiser IX*. Kyoto: Rinsen Book Co., 1981. 539–576.

Eby, Clare Virginia. "Silencing Women in Edith Wharton's *The Age of Innocence*." *Colby Library Quarterly* 28 (1992): 93–104.

Erlich, Gloria C. *The Sexual Education of Edith Wharton*. Berkeley: University of California Press, 1992.

Fisher, Philip. *Hard Facts: Setting and Form in the American Novel*. New York: Oxford University Press, 1985.

Fishkin, Shelley Fisher. "Dreiser and the Discourse of Gender." Gogol 1–30.

Fouqué, Friedrich de la Motte. *Undine*. 1811. *Romantic Fairy Tales*. Trans. and ed. Carol Tully. London: Penguin Books, 2000.

Fox, Robin. *Kinship and Marriage: an Anthropological Perspective*. 1967. Cambridge: Cambridge University Press, 1983.

Fracasso, Evelyn E. “The Transparent Eyes of May Welland in Wharton’s *The Age of Innocence*.” *Modern Language Studies* 21 (Fall 1991): 43–48.

Frederickson, Kathy. “*Jennie Gerhardt*: A Daughteronomy of Desire.” *Dreiser Studies* 25 (1994): 12–22.

Gilbert, Sandra M. “Life’s Empty Pack: Notes toward a Literary Daughteronomy.” *Critical Inquiry* 11 (1985): 355–84.

Gogol, Miriam, ed. *Theodore Dreiser: Beyond Naturalism*. New York: New York University Press, 1995.

Goodman, Susan. *Edith Wharton’s Women: Friends and Rivals*. Hanover and London: University Press of New England, 1990.

Gubar, Susan. “‘The Blank Page’ and the Issues of Female Creativity.” *The New Feminist Criticism*. 1986. Ed. Elaine Showalter. London: Virago Press, 1993. 292–313.

Hapke, Laura. *Tales of the Working Girl: Wage-Earning Women in American Literature, 1890–1925*. New York: Twayne Publishers, 1992.

Howard, Maureen. “*The House of Mirth*: The Bachelor and the Baby.” Bell 137–156.

Hutchisson, James M. “Death and Dying in *Jennie Gerhardt*.” Ed. James L.W. West III. *Dreiser’s Jennie Gerhardt: New Essays on the Restored Text*. Philadelphia: University of Pennsylvania Press, 1995. 208–218.

Kazin, Alfred. “The Lady and The Tiger.” *Virginia Quarterly Review* 17. (1942, Winter). 101–119.

Killoran, Helen. *Edith Wharton: Art and Allusion*. Tuscaloosa: The University of Alabama Press, 1996.

Knights, Pamela. “Forms of Disembodiment: The Social Subject in *The Age of Innocence*.” Bell. 20–46.

Lawson, Richard H. *Edith Wharton and German Literature*. Bonn: Bouvier Verlag Herbert Grundmann, 1974.

Lehan, Richard. *Theodore Dreiser: His World and Novels*. Carbondale: Southern Illinois University Press, 1969.

Lévi-Strauss, Claude. *Les Structures élémentaires de la Parenté*. 1949. Trans. J. H. Bell, J. R. von Sturmer, and Rodney Needham. *The Elementary Structures of Kinship*. London: Eyre & Spottiswoode, 1969.

Lewis, R. W. B. *Edith Wharton: A Biography*. 1975. New York: Fromm International Publishing Corporation, 1985.

Lingeman, Richard. Introduction. *An American Tragedy*. By Theodore Dreiser. New York: Signet Classic, 2000. vii–xv.

McHaney, Thomas L. "Fouqué's *Undine* and Edith Wharton's *Custom of the Country*." *Revue de Litérature Comparée* 24.2 (1971): 180–186.

McAleer, John J. *Theodore Dreiser: An Introduction and Interpretation*. New York: Boston College, 1968.

Michaels, Walter Benn. "The Contracted Heart." *New Literary History* 21.3 (Spring 1990): 495–531.

Moers, Ellen. *Two Dreisers*. New York: Viking, 1969.

Reagan, Leslie J. *When Abortion Was a Crime: Women, Medicine, and Law in the United States, 1867–1973*. Berkeley: University of California Press, 1997.

Rich, Adrienne. *Of Woman Born: Motherhood as Experience and Institution*. 1976. New York: W. W. Norton & Company, 1986.

Riggio, Thomas P. Preface. *Jennie Gerhardt*. 1911. By Theodore Dreiser. Philadelphia: University of Pennsylvania Press, 1992. ix–xii.

Sage, Lorna. Introduction. *The Custom of the Country*. By Edith Wharton. Ed. Alfred A. Knopf. New York: Everyman's Library, 1994. xi–xxiii.

Sanger, Margaret. *Happiness in Marriage*. 1926. Old Saybrook: Applewood Books, 1993.

Showalter, Elaine. *Sister's Choice: Tradition and Change in American Women's Writing*. 1991. Oxford: Oxford University Press, 1994.

——. "The Custom of the Country: Spragg and the Art of the Deal." Bell 87–97.

Skillern, Rhonda. "Becoming a 'Good Girl': Law, Language, and Ritual in Edith Wharton's *Summer*." Bell 117–136.

Vasey, Margaret. "Jennie Gerhardt: Gender, Identity, and Power." *Dreiser Studies* 25 (1994): 23–30.

Veblen, Thorstein. *The Theory of the Leisure Class*. 1899. New York: Penguin, 1994.

Wagner-Martin, Linda. *The Age of Innocence: A Novel of Nostalgia*. New York: Twayne Publishers, 1996.

Walcutt, Charles Child. "Theodore Dreiser and the Divided Stream." *The Stature of Theodore Dreiser: A Critical Survey of the Man and His Work*. 1955. Ed. Alfred Kazin and Charles Shapiro. Bloomington: Indiana University Press, 1965. 246–269.

Warren, Robert Penn. *Homage to Theodore Dreiser: On the Centennial of His Birth. New York: Random House*, 1971.

Wershoven, Carol. *Child Brides and Intruders*. Bowling Green: Bowling Green State University Press, 1993.

——. *The Female Intruder in the Novels of Edith Wharton*. London and Toronto: Associated University Presses, 1982.

Wharton, Edith. *A Backward Glance: An Autobiography*. 1933. New York: Touchstone, 1998.

——. *Summer*. 1917. New York: Penguin Books, 1993.

——. *The Age of Innocence*. 1920. Ed. Janet Beer Goodwyn. Cambridge: Cambridge University Press, 1995.

——. *The Custom of the Country*. 1913. New York: Bantam Books, 1991.

White, Barbara A. "Edith Wharton's *Summer* and Women's Fiction." *Essays in Literature* 11 (1984): 223–35.

Wolff, Cynthia Griffin. *A Feast of Words: the Triumph of Edith Wharton*. New York: Oxford University Press, 1977.

Wolstenholme, Susan. "Brother Theodore, Hell on Women." *American Novelists Revisited: Essays in Feminist Criticism*. Ed. Fritz Fleischmann. Boston: G.K. Hall, 1982. 243–264.

Zwinger, Lynda. *Daughters, Fathers, and the Novel: the Sentimental Romance of Heterosexuality*. Madison: The University of Wisconsin Press, 1991.

初出一覧

第一章

“Hidden Narrative: May Welland’s *Role in The Age of Innocence*.”『藤井治彦先生退官記念論文集』(英宝社，2000 年)

第二章

“Abner to Elmer: Eternal Daughterhood as Undine’s Marriage Strategy in *The Custom of the Country*.” *The Journal of the American Literature Society of Japan No. 3*（日本アメリカ文学会，2005 年)

第三章

“Keeping her ‘Daddy’: Charity Royall’s Reproduction Plot in *Summer*.”『関西アメリカ文学』第 36 号（日本アメリカ文学会関西支部，1999 年)

第四章

“A Prostitute Angel: Dreiser’s *Jennie Gerhardt*.”『待兼山論叢』第 33 号文学篇（大阪大学，1999 年)

第五章

“Placed Between: Roberta Alden’s Inevitable Death in *An American Tragedy*.” *Osaka Literary Review 40*（大阪大学，2001 年)

《事項》

索　引

《人名・作品名》

著者紹介

吉野　成美（よしの　なるみ）

1972 年岡山県生まれ、京都在住。
大阪外国語大学外国語学部英語科卒業、大阪大学大学院
文学研究科博士後期課程修了、博士（文学）。
現在、近畿大学経済学部准教授。

Mothers and Daughters:
Reproduction Issue in the Works of
Edith Wharton and Theodore Dreiser

ヒロインの妊娠
イーディス・ウォートンとセオドア・ドライサーの
小説における「娘」像とその選択

2017 年 5 月 3 日　初版発行

著　者　吉 野　成 美
発行者　山 口　隆 史
印　刷　株式会社シナノ印刷

発行所　株式会社 音羽書房鶴見書店
〒113–0033 東京都文京区本郷 4–1–14
TEL 03–3814–0491
FAX 03–3814–9250
URL: http://www.otowatsurumi.com
e-mail: info@otowatsurumi.com

Printed in Japan
ISBN978–4–7553–0400–2 C3098
組版編集　ほんのしろ／装幀　吉成美佐（オセロ）
製本　シナノ印刷

装画　*Le berceau* (1872)
Morisot Berthe (1841–95)
Photo © RMN-Grand Palais (musée d'Orsay)/
Michel Urtado/distributed by AMF